때　론
혼　란　한
마　　음

잠 못 이루는 당신에게

때론 혼란한 마음 – 잠 못 이루는 당신에게

초판 1쇄 발행일 2021년 10월 11일

글 변지영
일러스트 비비치
펴낸이 박희연
대표 박창흠

펴낸곳 트로이목마
출판신고 2015년 6월 29일 제315-2015-000044호
주소 서울시 강서구 양천로 344, B동 449호(마곡동, 대방디엠시티 1차)
전화번호 070-8724-0701
팩스번호 02-6005-9488
이메일 trojanhorsebook@gmail.com
페이스북 https://www.facebook.com/trojanhorsebook
네이버포스트 http://post.naver.com/spacy24

(c) 변지영, 저자와 맺은 특약에 따라 검인을 생략합니다.

ISBN 979-11-87440-84-0 (03810)

때론 혼란한 마음

잠 못 이루는 당신에게

변지영 지음

트로이목마

해가 지고
하늘이 밤으로 갈 채비를 할 때
모든 것은 집으로 돌아온다

기쁨과 슬픔이

분노와 쓸쓸함이

기억과 망각이

모두 돌아오는 시간,

잠 못 이루는 당신에게
밤이 너무 길지 않기를 바라며

Contents

Part 2
때로는 막막하고 때로는 혼란스럽고

Part 3

만나고 헤어지는 일은 여전히 쉽지 않다

Part 4

삶에 등대 같은 것이 있다면

Part 5

아늑하게 원래 그대로 평안하게

과거, 현재, 미래의 모든 종교보다
태양 아래를 걷는 사람의 그림자에
더 많은 수수께끼가 들어 있다.

─ 조르조 데 키리코 ─

There are more enigmas in the shadow of a man who walks in the sun,
than in all the religions of the past, present or future.

─ Giorgio De Chirico(1913), Giorgio & Isa De Chirico Foundation's archives ─

Part 1

무엇은 들이고,
무엇은 들이지 않을 것인가
하는 문제

01
보기

"애티커스, 그는 정말 좋은 사람이야."
"대부분의 사람들이 그래, 스카우트. 네가 그들을 마침내 본다면."

— 하퍼 리 —

"Atticus, he was real nice."
"Most people are, Scout, when you finally see them."

— *Harper Lee, To Kill a Mockingbird* —

누군가를 본다는 것은 어떻게 가능할까?
나의 편견과 생각, 감정과 판단이라는 복잡한 필터를 낀 채로
누군가를 정말 볼 수 있을까?

본다는 건 간단하지 않다.
내 눈에 필터가 끼어 있다는 것을 아는 것
그 필터가 어떤 것이고, 어떤 오류를 범할 수 있는지 아는 것
필터를 잠시 내려놓는 것
안다고 생각하지 말고 처음 보듯 바라보는 것

첼란은 썼다. **내가 나일 때 나는 너야.***
나는 바꾸어 쓴다. **내가 너일 때 나는 나야.**

나의 입장, 처지, 관점을 잠시 끄고
나를 비우고 너를 볼 수 있다면
비로소 네가 보이고
그 순간 나는 진짜 내가 된다.

* "Ich bin du, wenn ich ich bin." Paul Celan의 시집 《Mohn und Gedächtnis》에 실려 있는
시 〈Lob der Ferne〉의 한 구절. (copyright © 1952 Deutsche Verlags-Anstalt.)

02

듣기

당신이 무엇을 보는가, 무엇을 듣는가 하는 것은
당신이 서 있는 위치에 따라 크게 달라진다.
또한 당신이 어떤 사람인지에 따라서도 달라진다.

— C. S. 루이스 —

What you see and what you hear depends a great deal on where you are standing.
It also depends on what sort of person you are.

— C.S. Lewis, The Magician's Nephew —

그는 새장을 벗어나
훨훨 날아가고 싶다 했다
나는 너로 인해 함께 새장에 들어가게 된
사람들에게 친절히 대하라 했다

날아가고 싶은 마음은 못 본 체하고

나는 있는 그대로 듣지 않았다

네 마음은,
어느 저녁 연보랏빛 하늘을 보며
저 너머 무엇이 있을까 생각할 때쯤 되어서야
전해졌다

네 말이 내게 오기까지는
여전히 너무 많은 시간이 걸리고

기대라든가 판단 같은 것들은
참으로 끈질겨서

나는 오늘도 그루터기에 가만히 앉아 있다

03
말

말! 고작 말이라니! 말은 얼마나 끔찍한가!
얼마나 분명하고 생생하며 잔인한가!
어느 누구도 말에서 도망칠 수 없다.
말보다 더 실재하는 것이 있던가?

― 오스카 와일드 ―

Words! Mere words! How terrible they were!
How clear, and vivid, and cruel!
One could not escape from them.
Was there anything so real as words?

― *Oscar Wilde, The Picture of Dorian Gray* ―

그토록 많은 말을 쏟아냈는데

퍼붓던 눈은 어느덧 그쳤고
봄은 저 앞에 와 있고

말들은 부서져 내리고
나는 어디로도 가지 못했고

빈터는 입 벌리고 누워 있고

심연으로 물고기 한 마리,
시퍼렇게 돌아간다

04

웃 음

어제 나는 웃었어.
오늘 나는 웃지.
내일 나는 웃을 거야.
뭣 때문이든 울기에는 삶이 너무 짧으니까.

— 산토시 칼와르 —

I was smiling yesterday, I am smiling today and I will smile tomorrow.
Simply because life is too short to cry for anything.

— Santosh Kalwar, Quote Me Everyday —

장례식장에서 나는
이상하게
웃음이 먼저 나온다

예외 없이
고달프게 뛰다가 기껏
애달프게 누워서 가는 생이라니

온 세계가
피었다 지는 것이
이것이라니

있는 힘 다해
밀어낸 세계가
이내 부스러질 것 같은
아슬아슬함이라니

그래 우리는 폭포처럼
쏴아 — 주저 없는
웃음이어야지 거리낌 없는
웃음으로 나아가야지

05

기 억

우리는 과거를 생각할 때
아름다운 것들을 골라내어,
전부 그랬던 것처럼 믿고 싶어 한다.

— 마거릿 애트우드 —

When we think of the past it's the beautiful things we pick out.
We want to believe it was all like that.

— Margaret Atwood, The Handmaid's Tale —

세상에 이상한 것이 많지만, 기억만큼 이상한 것도 드물다.

일이 잘 풀리고 지금 내가 행복하면,

고마운 사람, 행운이나 축복처럼 여겨지는 일들이 주로 떠오른다.

반면 일이 잘 풀리지 않거나 괴로우면,

힘들었던 과거에 대한 기억이 전면에 부상하게 된다.

마치 좋은 일이라고는 없었다는 듯 어두침침한 눈으로 과거를 왜곡해 바라본다.

불행한 사람은 과거의 어떤 일 때문에 지금 고생하고 있다거나

누군가를 잘못 만나서 삶이 꼬였다고 생각하면서 점점 더 불행해진다.

기쁜 일, 슬픈 일, 좋은 일, 안 좋은 일 등이 날씨처럼 변화무쌍하게 왔다 갔는데,

지금 내가 처한 상황이 어느 한 방향으로 편집해 그쪽으로만 주의가 쏠린다.

과거는 실시간 구성되는 것이어서 현재의 내가 만든다.

과거는 지나간 일이 아니다.

어떤 것도 지나가지 않으며

기억은 언제나 새로운 현재다.

06

시 간

시간은 약이 될 수 있다.
하지만 잘못된 것을 바로잡아 주지는 않는다.

— 카렌 테이 야마시타 —

Time could heal, but it wouldn't make wrongs go away.

— Karen Tei Yamashita, Tropic of Orange —

내리는 동안에만 깨끗한 눈이고
지기 전까지만 예쁜 꽃이듯
시간은 모든 것을 헛되이 삼켜 버린다고
말하는 사람들이 있다.

그러나 더러운 진창의 웅덩이에도
첫눈의 기억은 있고
빗자루에 쓸려 찢어진 꽃잎들에도
탄생의 순간이 들어 있어

시간의 뱃속에서도
나는 꿈꿀 것이다,
순결한 새벽을.

똑똑히 볼 것이다,
벅차오르는 아침이 온몸으로
한낮 밀어내는 것을.

07
기다림

기다림은 아프다.
잊는 것은 아프다.
하지만 어떤 결정을 내려야 할지 모르는 것이
때로는 가장 고통스럽다.

— 호세 해리스 —

Waiting hurts.
Forgetting hurts.
But not knowing which decision to take can sometimes be the most painful.

— José N. Harris, MI VIDA: A Story of Faith, Hope and Love —

달님 저는
어느 누구도
기다리지 않게 하렵니다

기다림이란 누군가의 세계에 계단을 내려
함부로 들어가는 일이니까
현재를 검정막으로 가려
눈멀게 하는 일이니까
누군가의 시간을
차지하고 농락하는 속임수니까

달님 저는
어느 누구도
기다리지 않게 하렵니다

08
선 택

행복은 선택이다. 낙관도 선택이다.
친절도 선택이다. 주는 것도 선택이다. 존중도 선택이다.
당신이 무엇을 선택하든 그것이 당신을 만든다.
지혜롭게 선택하라.

— 로이 베넷 —

Happiness is a choice. Optimism is a choice.
Kindness is a choice. Giving is a choice. Respect is a choice.
Whatever choice you make makes you. Choose wisely.

— Roy T. Bennett, The Light in the Heart —

엄마: 석봉아 나는 떡을 썰 터이니 너는 글을 쓰도록 해라.

아들: 아니요, 어머니. 제가 떡을 썰 테니 어머니가 글을 쓰시지요. 저의 공부는 진척이 없고 저는 암만 봐도 공부로 길을 틀 사람이 아닙니다. 공부할 사람들은 따로 있더라고요. 저는 아무래도 떡을 만들어야겠습니다. 어머니는 힘든 일에서 이제 쉬시지요. 떡집 일은 이제 제가 하겠습니다.

엄마: 그게 무슨 말이냐! 나는 여태 너 하나 바라보면서 살아왔는데 그 무슨 실망스러운 얘기냐. 정신 차리고 다시 펜을 들어라.

아들: 어머니가 저 하나 바라보고 사시는 것은 어머니의 선택이지 제 선택이 아닙니다. 그리고 공부 잘해서 사회적 지위가 높은 아들을 바라는 것은 어머니의 욕망이지 제 목표가 아닙니다. 저는 다만 제게 주어진 일을 열심히 하면서 경제적 자립을 이루어 힘든 사람도 돕고 함께 어울려 살아가는 삶을 원해요. 제 적성은 떡집입니다.

엄마: 이 배은망덕한 자식 하는 소리 좀 보게! 나는 기회만 있었다면 얼마든지 공부를 했을 것인데 형편이 안 되어 간신히 떡집 하면서 우리 두 식구 먹고살아 왔거늘. 너는 여건을 만들어줘도 배부른 소리나 하고 있느냐.

아들: 어머니 그렇게 느끼셨다면 죄송합니다. 하지만 그토록 하고 싶었던 공부는 어머니가 하세요. 저는 이 떡집을 정성껏 운영해 어머니가 못다 한 공부를 하도록 뒷받침해드리겠습니다. 사실 어머니가 하도 공부에 한 맺히셨다는 말씀을 많이 하셔서 제가 사이버 대학교 안내 책자들을 모두 받아왔습니다. 요즘은 어디 멀리 다니면서 고생할 필요도 없어요. 온라인으로도 이렇게 공부를 하고 학위를 받을 수 있답니다. 그러니 못다 한 공부는 어머니가 하시고 저는 이제 그만 내버려두세요. 저는 깜깜한 새벽에 일어나 떡을 만들면서 누구보다 아침을 먼저 열 때 정말 행복합니다. 학생들이 직장인들이 제가 만든 떡을 먹으면서 공부하러 일하러 가는 모습을 보는 게 좋아요. 그거면 충분합니다. 어머니에게 떡집은 참고 견디는 것이지만 제게 떡집은 희망입니다. 그러니 어머니는 이제 그만 참으시고 자신의 행복을 선택하세요. 저는 제 희망대로 살아가겠습니다.

09
진 심

멀리 갈 위험을 감수하는 사람만이
자신이 얼마나 멀리 갈 수 있는지
알아낼 수 있다.

— T. S. 엘리엇 —

Only those who will risk going too far can possibly find out how far one can go.

— T. S. Eliot, Preface to Transit of Venus: Poems by Harry Crosby —

알기 어렵고
알아도 말하기 어렵고
말해도 지키기 어렵지만

지금 여기 뿌리를 내리게 해주는 건
진심이다 의도나 쓸모가 없어도 되는
진심이다 있는 그대로 우리를 존재하게 하는
진심이다

진심을 얘기해서 잃어버릴 거라면
잃어버리는 게 낫다
어차피 잃게 되어 있는 것들이니까

지혜로 포장된 게으름을 경계하고
신중함으로 포장된 비겁함을 경계하고
진심이 무엇인지 치열하게 검토해야지

10
침 묵

우리는 고요히 앉아 우리를 둘러싼 세계를 바라보았다.
이것을 배우는 데 평생이 걸렸다.

— 니콜라스 스파크스 —

We sit silently and watch the world around us.
This has taken a lifetime to learn.

— Nicholas Sparks, The Notebook —

벚꽃만은 아니다.
사뿐사뿐 와서
한가득 흩날리다가
봄비에 고요해지는 것이.

말없이 이곳에 와서
말 하나 베끼고
말 둘 흉내 내고
말 셋 움켜쥐고
말 넷 꿈꾸다
말 찾으며
말에 시달리다가
말없이 가는 것이
어디 당신뿐이겠는가.

말로 지어낸 한 생애는
이렇게 저물지만
말 없는 웅덩이에도
해와 달이 뜬다.

다행스럽게도 모두가
침묵으로
허공으로
돌아간다.

11
희 망

그에게 필요했던 건 오직, 희망이었다.
희망이 부족해서 그는 좌절했다.

― 찰스 부코스키 ―

That was all a man needed: hope.
It was lack of hope that discouraged a man.

― *Charles Bukowski, Factotum* ―

때때로 나는 거짓말을 한다.
희망이 필요할 때, 희망이 있어야만 할 때.
나 자신을 속이고 상대방을 속이더라도
희망이 필요할 때가 있으니까.

그런데 신기한 것은
거짓말도 희망의 재료로 쓰이면
사람을 살리는 동력으로 쓰이면
서서히 참말이 되어간다는 사실이다.

12

고 백

당신은 내가 갖고 있는 두려움에 대해 고백하게 했습니다.

하지만 나는 두려워하지 않는 것에 대해서도 말해야겠습니다.

홀로 되는 것, 혹은 상대방을 위해 거절하는 것이 두렵지 않고,

떠나야만 한다면 그게 무엇이든 떠나보내는 것이 두렵지 않습니다.

나는 실수하는 것이 두렵지 않습니다. 그게 커다란 실수라고 해도,

어쩌면 영원처럼 길고 긴, 평생의 실수라고 해도.

— 제임스 조이스 —

You made me confess the fears that I have. But I will tell you also what I do not fear: I do not fear to be alone or to be spurned for another or to leave whatever I have to leave. And I am not afraid to make a mistake, even a great mistake, a lifelong mistake and perhaps as long as eternity too.

— James Joyce, A Portrait of the Artist as a Young Man —

만약 당신이
어느 봄날
사랑 고백을 받는다면
겨울에 대해서는
절대로 누설하지 않도록 하자
예견된 쓸쓸함을 들키지 않도록 하자

생겨난 모든 것은 사그라질 것이다 강렬한 것들은 모두 희미해질 것
이다 달려가는 것은 멈출 것이고 일으킨 것은 스러질 것이다 이러한
것들에 대해서는 시간이 일러줄 것이므로 미리부터 말하지는 않기
로 한다 그의 전망을 훼손할 권리가 나에게는 없으므로 나는 모르는
체하기로 한다 나도 그처럼 마냥 밝게, 설렘으로 기대감으로 잔뜩
부풀어 있는 것으로, 그런 것으로.

언 어

그녀는 항상 언어들을 원했습니다.
언어를 사랑했고
언어에서 자랐습니다.
언어들은 그녀에게 명료함을 주었고
이성과 형태를 가져다주었습니다.

— 마이클 온다체 —

She had always wanted words, she loved them; grew up on them.
Words gave her clarity, brought reason, shape.

— Michael Ondaatje, The English Patient —

우리는 언어 안에 산다.
언어에는 살아온 날들과 앞으로의 지향이,
관계 맺는 방식과 취향과 삶의 양식이,
각자의 세계에 관한 거의 모든 정보가 들어 있다.

누군가와 무엇을 함께할 때 당신은 당신의 언어를,
상대방은 상대방의 언어를 가지고 와서 한데 붓는 것이다.
한데 부어서 새로운 언어를 서로 배울 수 있으면 둘은 좋은 사이가
된다.
상대방의 언어가 자신에게 스며들지 않고
계속 밀어내게 되면, 어떤 이유로든 친해지기는 어렵다.

우리는 각자의 언어만큼 산다.
언어 안에 살고 언어를 잠시도 벗어나지 못한다.
독서를 하는 이유 중 하나는
내 언어를 확장해 조금이라도 더 넓게 살아가기 위해서다.

누군가를 좋아하면 그 사람의 언어가, 몸짓이 내게 스며든다.
그 과정에서 서서히 닮아간다.
선망, 흠모, 동경을 통해 언어는 증식되고 증폭된다.

14
마음

현실은 인간의 마음속에 존재한다.
그밖의 어디에도 없다.

— 조지 오웰 —

Reality exists in the human mind, and nowhere else.

— George Orwell, 1984 —

이쪽으로 휘익 휘었다가
저쪽으로 팽그르르 돌아가다가
벽에 쾅 부딪혀서는 맥없이
줄줄 흘러내렸다가 깍깍대는 새소리에
주먹을 불끈 쥐고 일어나 저 산등성이로
달려 올라가는 요괴

형체도 색깔도 없으면서
따지는 것은 많고
어제 오늘이 다른
까다롭고 변덕스런 요괴

하나일지 여럿일지 알 수 없고
정체도 근원도 분명치 않으나
뭐라 부르기는 해야 해서
임시 붙인 그 이름:

마음

거 절

상상만으로도 사람은 죽을 수 있다.

― 제프리 초서 ―

People can die of mere imagination.

― Geoffrey Chaucer, The Canterbury Tales ―

우리는 자신이 거부당한 것이 아니라
내 메시지가 거절당한 것인데도
자꾸 자신이 거부당한 것으로 느낀다.
그래서 상처받고 좌절한다.

그때 그 메시지가 받아들여지지 않았을 뿐인데
자신이 받아들여지지 않은 것처럼
상상하고 상상하다가
우울에 빠진다.

거절에 민감한 사람들은
특히 잘 새겨둘 필요가 있다.
상대방이 아니라,
상황이 아니라,
자신의 생각과 상상이
가장 큰 위협이 된다는 걸.

16
걱 정

다른 사람들이 당신에 대해 얼마나 생각을 안 하는지 안다면,
다른 사람들이 당신에 대해 어떻게 생각하는지에 대해
훨씬 덜 걱정하게 될 것이다.

― 데이비드 포스터 월리스 ―

*You will become way less concerned with what other people think of you
when you realize how seldom they do.*

― David Foster Wallace, Infinite Jest ―

머릿속에서 유독 급하게 부풀려지는 이야기의 주제나 패턴이 사람마다 얼마나 다양하고 다른지 들여다보면 놀라울 정도다. 예를 들어 '나만 빼고 이 사람들이 뭘 하려고 하나? 소외시키는 건가?'와 같은 주제에 민감한 사람의 경우에는, 그 주제를 조금이라도 암시할 만한 일이 벌어지면 버튼이 탁 켜지면서, 이 주제를 향해 이야기가 펼쳐진다. 실제 일이 벌어지는 속도보다 더 빨리 머릿속에서 스토리가 만들어진다. 그래서 말과 행동을 통해 이미 왜곡된 반응이 시작된다. 관계가 나빠지고 일이 악화될 가능성이 높아진다.

이처럼 많은 사람들이 갖고 있는 민감한 주제에는 '지금 나보고 잘 못했다는 거지? 내 탓하려는 건가?' '지금 나 돈 없다고, 내가 여자라고, 내가 어리다고, 내가 대학을 안 나왔다고, 내가 지방 출신이라고 무시하는 건가?' '나보고 못생겼다는 거지?' '사람들이 내가 무능하다고 생각하면 어떡하지?' 등이 있다.

우리는 대개 사람들이 나에 대해 안 좋게 생각할까 봐, 나에게 나쁘게 대할까 봐 걱정한다. 유독 싫어하는 민감한 주제는 개인별로 조금씩 차이가 있지만, 그것이 모두 '나'에 대한 염려나 걱정이라는 점에서 핵심은 비슷하다.

우리는 모두 심리적, 물리적 위협에서 자신을 보호하고 안전함을 느끼고 싶어 한다. 불확실성을 줄이고 예측 가능하게 상황을 정리하고 싶어서, 끊임없이 생각한다. 그러다 보면 머릿속에 필터가 많아져서 있는 그대로의 상황을 실시간 알아차리기가 점점 더 어려워진다. 자신에게 일어난 일이나 상황을 과잉 해석해 잘못 대응하기 쉽다. 걱정을 전혀 하지 않을 수는 없지만 일상을 방해할 정도가 된다면 곤란하다. 심리상담이나 명상은, 이러한 걱정 습관을 알아차리고 조절하는 것에 도움이 된다.

17
시 선

한 철학자가 물었다.
"우리가 별을 보기 때문에 인간인가요, 아니면
우리가 인간이기 때문에 별을 보는 건가요?"
무의미한 말이다. 진짜…….
"그때 별들도 우리를 볼까요?" 자, 이게 질문이다.

― 닐 게이먼 ―

A philosopher once asked,
"Are we human because we gaze at the stars,
or do we gaze at them because we are human?"
Pointless, really……
"Do the stars gaze back?" Now, that's a question.

― Neil Gaiman, Stardust ―

새까맣게
앉은 무리 가운데
까마귀 하나가 나를 내려다본다.
하는 수 없이
나도 그 까마귀 쳐다본다.

할 말이 있어서 안색을 살피는 것인지
멍하니 눈을 잠시 쉬려는 것인지
기이한 인연이라도 있어 노려보는 것인지

알 수 없으나

시선에 대한
시선을 위한
시선의
책임 같은 것이
꿈틀거려
나도 모르게
표정을 이렇게 저렇게
바꿔보고 있었다.

18
투 사

특성들은 대상이 갖고 있는 것이 아니다.
칭찬하고 비난하는 사람의 마음에서 비롯되는 것이다.

— 데이비드 흄 —

*Those qualities are not really in the objects, but belongs entirely to the sentiment of
that mind which blames or praises.*

— David Hume, Essays, Moral, Political, and Literary, Part 1: The Sceptic —

심리적 건강이란 항상 긍정적 생각을 하고 기분이 좋은 것을 뜻하지 않는다. 상황에 맞게 적응하고 대처하면서 변하는 것이 건강한 뇌, 건강한 마음이다. 실제로 좋은 일만 일어나는 것도 아닌데 어떻게 기분이 항상 좋을 수만 있을까. 우리가 겪는 다양한 일들, 긍정적인 경험과 부정적인 경험을 모두 있는 그대로 인정하고 받아들일 수 있다면 심리적으로 건강한 사람이다.

특히 불편하고 힘든 순간, 자신의 어둠을 얼마나 내면에 간직할 수 있는가에 달려 있다. 때때로 겪게 되는 부정적 감정, 충동, 싫은 생각들에 대해 회피하거나 억압하거나 누군가의 탓으로 돌리지 않고, 적절히 경험하고 대처할 수 있는지가 중요하다.

누구에게나 빛과 어둠이, 진실한 부분과 거짓된 부분이, 선과 악이 공존한다. 인간은 복잡하고 다층적인 세계를 가지고 있어서 무조건 좋은 사람, 나쁜 사람, 혹은 훌륭한 사람, 형편없는 사람이라고 이분법적으로 말할 수 없다. 타고난 기질이나 유전자는 말할 것도 없고, 지금까지의 경험과 현재 처한 상황, 만나는 사람과 하는 일 등 여러 가지 맥락들이 한 사람을 규정한다. 하지만 우리는 누군가를 평가할 때 이 모든 것을 알고 하는 것이 아니다. 매우 일부분을 가지고 마치 전체를 파악한 것처럼 이런저런 라벨을 너무 쉽게 붙인다.

누구나 자신에게는 좋은 것이 있기를 바라고 나쁜 것은 외부에 있다고 믿고 싶겠지만, 애초에 좋고 나쁘다는 해석 자체가 사회문화적인 것이다. 상황과 맥락, 상호작용에서 일어나는 것이지 어떤 대상 하나가 갖는 고유의 속성이 아니다.

19
의 심

편집적인 사람은,
무엇이 일어나고 있는지 조금밖에 알지 못하는 사람이다.

— 윌리엄 버로스 —

A paranoid is someone who knows a little of what's going on.

— William S. Burroughs, Friend magazine(1970) —

저놈은 나쁘다/ 더럽다/ 형편없다/ 밉다/ 피해야 할 적이다.
저분은 좋다/ 깨끗하다/ 존경스럽다/ 사랑스럽다/ 소중한 친구다.

정신분석가 멜라니 클라인은 이렇게 이분법적으로 나누어, 나쁜 면을 마치 자신에게 없는 것처럼 분리해버리려는 인간의 무의식적 시도에 깊은 관심을 가졌다. 심리적으로 취약한 사람일수록 내 안에 저렇게 부정적이고 나쁜 것이 있다는 것을 용납할 수 없어서, 바깥에만 있다고 믿고 싶어 한다는 것이다.

그때 그 바깥에 있는 것은 평생 미워해야 할 '적'이 된다. '적'을 이해하고 받아들이게 되면 자기 자신이 없어질 것 같은 위협을 느끼게 되는데, 이처럼 존재 자체가 사라져버릴 것 같은 공포, 자신이 산산이 부서져버릴 것 같은 공포, 이것을 클라인은 '멸절공포'라 불렀다.

하지만 기질적으로, 혹은 어린 시절 양육환경이나 부모의 영향을 포함해 어떠한 이유로든 이런 근원적인 공포와 불안이 너무 심해서 편집적 경향이 두드러지게 된 것이 편집증이다.

'나한테만 불리하게 하는 것 아니야?'
'앞에서는 아부하면서 사실은 나를 무시하는 것 같다.'
'분명 나를 이용하려고 이러는 걸 거야.'
가볍게는 이처럼 잦은 의심이지만, 심한 경우에는 세상이 자신을 상대로 음모를 꾸미고 있다거나 누군가 나를 염탐하고 있다는 피해망상을 갖게 된다.

적을 무조건 나쁘다고 보는 것이 수월할 수 있다. 편집-분열적 사고는, 아직 다양한 경험이 적은 아이들에게서 쉽게 발견되는 단순한 사고 구조다. 하지만 실제로 삶은 매우 복잡하다. 성인이 되어 가면서 사고 구조도 복잡하게 발달해가야 한다.

의심하고 비방하는 사람들이 타깃으로 삼는 것은 다른 사람 같지만, 결국 타인이 문제가 아니다. 무의식적으로 그들이 타깃으로 삼고 있는 것은 바로 자기 자신이다. 자신의 내면에도 세상 모든 사람과 마찬가지로 좋은 면과 나쁜 면이 모두 있음을, 혹은 좋지도 나쁘지도 않은 모호한 부분들이 훨씬 더 많이 있음을 받아들일 수 있는가 하는 문제다.

심리적으로 건강하고 정신적으로 성숙한 사람이란 이 과정에서 필연적으로 생겨나는 우울을 견딜 수 있는 사람이다. 인간의 발달이 '편집-분열 자리'에서 '우울 자리'로 옮겨가는 것이라 했던 클라인의 수십 년 전 통찰은 지금도 설득력이 있다.

20
망각

당신은 기억하고 싶은 것은 잊고
잊고 싶은 것은 기억한다.

— 코맥 매카시 —

You forget what you want to remember,
and you remember what you want to forget.

— Cormac McCarthy, The Road —

코트가 겨울을 부르듯
상실감은 끝내 이별을 찾아낸다

징조는 어디에나 있다

눈물이 슬픔을 데려오듯
고통은 결함을 발견해내고

기억은 늘 망각을 동반하기에
원인과 결과는 깔끔하게 들어맞는다

굳이 예언이라 할 필요도 없이

분노는 불운을 부추기고
벌은 마침내 죄를 찾아낸다

망각은 기억으로 환원되어
없던 원인도 발굴해낸다

과연,
카프카적이다!

Part 2

때로는 막막하고
때로는 혼란스럽고

21
밤

밤의 일들을 낮에는 설명할 수 없다, 그때는 존재하지 않으니까.

— 어니스트 헤밍웨이 —

The things of the night cannot be explained in the day,
because they do not then exist.

— Ernest Hemingway, A Farewell to Arms —

우는 사람들은
밤으로 간다,
밤에는
밤보다 더 어두워도
괜찮으니까.

밤의 눈물들은
한 줄 한 줄
시냇물로 흐르지,
별빛 반짝이며

나직이 흐르다가
바다에 이르면
우르르 뛰어들어
밤보다 깊은 파도가 된다.

22
어둠

눈을 감아도 소용없다. 어둠 속에서는 눈을 떠야만 한다.

— 새뮤얼 베케트 —

It's no good closing your eyes, you must leave them open in the dark,
that is my opinion.

— Samuel Beckett, The End —

어둠이 무서워서 잠을 잘 이루지 못하는 분들이 제법 많다. 불을 켜두거나 TV를 켜둔 채 자다 깨다를 반복하기도 하고, 비슷한 어려움을 겪는 사람들과 채팅을 하거나 통화를 하면서 무언가로 주의를 돌려서 무섭다는 생각을 안 해보려고 애쓰기도 한다.

그들이 두려워하는 건 바깥의 어둠이 아니다. 자기 자신의 어둠을 끔찍하게 싫어하고 두려워하는 것이다. 혼자 있게 되면, 자신을 마주하는 일을 피하기 어렵다. 낮에는 바깥에 주의를 돌릴 만한 것이 많지만, 어두워질수록 초점이 자신을 향하게 되어 내면의 어두움에 더 민감해진다.

피하려 할수록 어둠은 더 끈적끈적하고 시커멓고 커다란 괴물이 되어버린다. 습관처럼 반복하던 생각들이 활개치며 쳇바퀴 돌리듯 괴롭힌다. 이런 어둠은, 나를 괴롭히는 생각들은 어디에서 온 것일까? '착해야 한다' '밝아야 한다' '일을 잘해야 한다' '쓸모가 있어야 한다'는 메시지에 민감한 사람일수록 어둠에 대한 공포가 크다는 것은 놀랄 일이 아니다. 빛에 대한 갈망이 클수록 어둠에 대한 공포도 같이 커지는 법이다. 자신이 좋은 사람이어야 하고 누구나에게 친절한 사람이어야 하고 일을 잘해서 쓸모 있는 사람이 되어야 한다는 생각이 지나치게 강할수록, 혹시라도 내게 문제가 있는 것 아닐까, 이기적인 것 아닐까, 능력이 부족한 것 아닐까 하는 두려움과 의심도 덩달아 강해진다.

빛은 언제나 어둠과 함께 있다. 어둠과 함께 있어서 빛이 빛일 수 있는 것이다. 나 자신의 밝음은 어둠을 극복해서가 아니라, 오히려 어둠을 통해, 어둠 안에서 만들어진다. 장점은 곧 단점의 뒷면이고, 단점도 맥락이나 상황에 따라 장점이 되기도 한다.

본래 이 세계에는 옳고 그름이 없다. 좋고 나쁨도 없다. 평가하고 해석을 갖다붙이는 것은 우리 인간이다. 그러므로 유연하게 바라보면 다양한 가치들이 공존할 수 있고, 평가는 항상 상대적이기 때문에 절대선도 절대악도 없다. 하지만 기질적인 이유로, 혹은 과거 경험으로 인해 지나치게 경직된 흑백논리를 갖게 되었다면 먼저 그런 자신의 경직성을 알아차려야 한다.

무엇은 반드시 해야만 하고, 어떤 것은 절대로 일어나서는 안 된다는 생각을 자주 하고 있다면 그런 경직성이 곧 자신과 타인을 옥죄는 감옥이 될 수 있다. 소통을 어렵게 해 자신을 고립시키게 된다. 자신의 어둠을 받아들일 수 있으면, 세상 모든 어둠이 친구가 될 수 있다. 끔찍하게 싫은 것, 두려운 것이 있다면 심호흡을 하면서 찬찬히 들여다볼 일이다. 그것은 나쁜 것이 아니라, 이해받지 못해 밀려난 것이고 받아들여지지 않은 것일 뿐이니까.

23
슬 픔

나에 대해 알아야 할 것이 있어요.
매우 불행한 사람이라는 겁니다.

— 존 그린 —

What you must understand about me is that I'm a deeply unhappy person.

— John Green, Looking for Alaska —

때로 나는
겨울바다처럼 무겁게 내려앉아
아무 말도 하고 싶지 않은 그런 기분이 들지.

내가 슬픔에 빠져 있었기 때문이었을까,
그 무렵 당신에게서는
커다란 슬픔이 보였어.
무표정이어도 웃고 있어도
내 눈엔 늘
슬퍼 보였어.

슬퍼 보여서
얘기가 잘 통할 것 같아서
아니, 말을 안 해도 잘 통할 것 같아서
그래서 좋아했어.

24
두려움

두려움은 당신을 멈추게 하지 않아, 당신을 깨어나게 하지.

— 베로니카 로스 —

Fear doesn't shut you down; it wakes you up.

— Veronica Roth, Divergent 1 —

능력으로 연대하는 것이 아니다
우리의 연대를 가능하게 하는 건
두려움이다
나의 두려움과
너의 두려움이 손을 맞잡고
달빛 향해 나아간다

이제 우리는 두려움을 이야기하도록 하자
저 아래 꿈틀대고 있는
우리의 동력을
이야기하도록 하자

기꺼이 꺼내어
더 크게 밝히자
우물쭈물 피하지 말고
성큼성큼 걸어 들어가자

25
칼

그에게 말하고 싶은 것이 있었어.
하지만 그 말들이 그를 아프게 할 거라는 걸 알았지.
그래서 그냥 묻어버렸어. 그 말들이 나를 아프게 하도록.

— 조너선 사프란 포어 —

There were things I wanted to tell him.
But I knew they would hurt him.
So I buried them, and let them hurt me.

— Jonathan Safran Foer, Extremely Loud & Incredibly Close —

입에서 칼이 나오는 사람들은
언젠가 칼을 삼킨 적이

있는 사람들이다
누군가가 던진 칼을

삼켜야 했던 사람들이다
한번 들어가면 사라지지 않고
몸속을 빙글빙글 돌다가

입으로 다시 튀어나오기에
칼은 삼켜서는 아니 되고

두 손으로 단단히 붙들어
다만 녹여내어야 한다

칼보다 뜨거운 온도로
껴안아 완전히
사라지게 해야 한다

26
분 노

친구에게 화가 났다.
나는 그것을 말했고, 분노는 끝났다.
적에게 화가 났다.
나는 그것을 말하지 않았고, 분노는 커졌다.

— 윌리엄 블레이크 —

I was angry with my friend:
I told my wrath, my wrath did end.
I was angry with my foe:
I told it not, my wrath did grow.

— William Blake, Songs of Experience —

살면서 누구나 '당했다'고 느낄 때가 있다. 거짓말이나 차별, 혹은 성희롱이나 물리적 폭력, 언어폭력이나 심리적 협박 등을 겪기도 한다. 내가 만약 '당했다'고 느꼈을 때, 자신을 지키기 위한 적절한 행위를 할 수 있었다면, 그때의 분노는 힘이 된다. 그런데 상황이 여의치 않아 적절한 행위를 하지 못했다면, 이때의 분노는 내면에 갇혀 자기 파괴적인 에너지가 되어버린다.

'적'이 너무 막강하게 느껴지면 정반대로 가해자에게 동조하는 이상한 현상이 벌어지기도 한다. 가해자에게 더 잘해주는 것, 이런 이상한 현상을 정신분석에서는 '반동형성'이라고 한다. 억압된 공격성을 회피하기 위해 더 친절하게 대하는 것이다. 따귀를 한 대 때려야 할 사람에게 선물을 갖다 바치는 꼴이다. 사실상 성폭력을 당했는데 상대를 좋아한다고 자신을 속여 심지어 연인이나 부부가 되기도 하고, 매 맞는 아내들이 남편을 '불쌍하다'고 덮어주며 병리적 관계를 고착화시키기도 한다. 폭력적 언행을 일삼는 비윤리적 리더에게 오히려 더 충성함으로써 조직의 부패를 조장하기도 한다.

용서란 억지로 잊거나 타협하는 것이 아니라, 자신의 소중한 가치를 포기하지 않으면서 분노를 내려놓는 일이다. 만약 출구를 찾지 못해 내면에 맴돌면서 끊임없이 자신을 할퀴고 있는 오래된 분노가 있다면, 인정하고 바라봐야 한다. 그리고 용서할 수 있는 방법을 찾아야 한다.

자신을 지키지 못한 것에 대한 용서.
자신에게 함부로 한 것에 대한 용서.
모든 용서는 결국 자신에 대한 용서이며
용서해야만 자유로워져 다시 새롭게 시작할 힘을 낼 수 있으니까.

27
싫 증

당신의 게으름이 곧 피로가 된다.
당신의 즐거움이 곧 혐오감을 불러일으킨다.
마음은 훈련되지 않으면, 세상 모든 기쁨을
지루하고 지긋지긋하게 느껴지도록 한다.

— 데이비드 흄 —

Your indolence itself becomes a fatigue; your pleasure itself creates disgust.
The mind, unexercised, finds every delight insipid and loathsome.

— David Hume, Essays, Moral, Political, and Literary, Part 1: The Stoic —

아기들은 아주 작은 변화에도 재미있어한다. 얼굴이 보였다가 보이지 않았다가 하는 것에도 까르르 웃고, 바람에 미묘하게 흔들리는 모빌만 보아도 신기해한다.

숨은 친구를 찾아다니는 숨바꼭질이나, 누군가는 달리고 누군가는 잡는 놀이도 어렸을 때에만 몰두해서 할 수가 있다. 바람에 휙휙 뒤집어지는 우산들을 보며 킥킥대거나, 반짝이는 조약돌을 줍고 모래사장에 그림을 그리는 것도 아이들만 할 수가 있다. 어른들은 이런 작은 것에 흥미를 느끼지 못한다.

경험이 늘어 자극을 많이 경험할수록 더 강한 자극에만 반응하게 되고 그걸 일종의 '재미'로 인식하게 된다. 조미료 맛에 길들여져 식재료 본연의 맛을 느끼지 못하게 되는 혀처럼, 사람들은 기존의 것과 다른, 아직 경험해보지 못한 더 자극적인 영상, 소리, 맛, 촉감 등을 찾아다니느라 작은 즐거움, 담백한 재미를 잃어버린다.

중독을 연구하는 뇌과학자들은, 우리 뇌에 계속 갈구할 때 활성화되는 신경 경로와, 뭔가를 좋아할 때 활성화되는 신경 경로가 일치하지 않다는 사실을 밝혔다. 중독이란 우리 뇌의 보상체계에 문제가 생기는 질병이다. 기분을 좋게 만들어서 우리 행동을 조절하는 뇌회로를 보상체계라 한다. 기분이 가라앉거나 우울할 때 사람들은 친구를 만나 대화를 나누거나 맛있는 음식을 먹기도 한다. 산책이나 명상, 독서를 할 수도 있고 음악을 듣거나 영화를 보며 기분 전환을 할 수도 있다. 그런데 불편한 감정을 빨리 해소하려고 술을 마시거나 약물을 찾는다면, 그때의 효과는 매우 빠르기 때문에 다음번에도 같은 방법을 선택할 확률이 높아진다. 기분이 조금만 안 좋아도 바로 술이나 약물이 주는 보상을 떠올리게 되어 점점 더 많이, 더 자주 찾게 될 수 있다. 그런 과정을 통해 보상체계가 망가진다.

좋아해서 원하는 것이 아니라, 좋아하지 않아도 계속 찾게 되는 '갈망' 회로가 본의 아니게 발달해버린다. 자신에게 해가 될 정도로, 일상에 지장이 있을 정도로 뭔가를 계속하게 된다면, 동시에 자신에 대한 혐오가 생겨난다면 정말로 좋아서 하는 것이 아니다. 불편한 기억이나 감정, 생각과 같은 싫은 경험을 덮으려고 하는 것이다. 더 큰 자극으로 현실을 가리려는 의도다. 물론 그런 자신의 무의식적 의도를 알아차리기는 어렵다. 그전에 '지루하다'고 느낀다. 지루함, 혹은 자극 없음을 견디지 못해 커다란 자극, 더 강한 자극을 찾아다니다가 자신도 모르게 빠져들어 계속 갈구하고 갈망하게 되는 것이다.

자극이 클수록 싫증도 빨리 난다. 감각적 즐거움은 지속되지 않고 무한하지도 않다. 이것은 사실 긴장과 이완 사이에서 끊임없이 균형을 찾으며 생존을 도모하는 알로스타시스와도 관련이 있다. 만약 우리 뇌가 감각적 쾌락을 무한히 느끼는 것이 가능하도록 만들어졌다면, 인류는 이미 멸종했을 것이다.

싫증, 혹은 지루함. 별것 아닌 가벼운 말 같은데 이 안에는 켜켜이 많은 진실들이 묻혀 있다. 당신은 무엇에 싫증을 잘 느끼는가? 그리고 지루하다고 느끼는 순간, 무엇을 하는가?

28
놀 람

사실은 허구보다 더 이상하다.
허구는 개연성을 갖고 있어야 하지만
사실은 그렇지 않으니까.

— 마크 트웨인 —

Truth is stranger than fiction, but it is because Fiction is obliged to stick to possibilities; Truth isn't.

— Mark Twain, Following the Equator: A Journey Around the World —

입 크게 벌렸다
쿵쾅쿵쾅 심장 소리가 밖으로 새어 나가도록

눈 크게 떴다
휘청거려 넘어지지 않도록

콧구멍 크게 열었다
숨 쉬는 것 잊지 않도록

손바닥도 크게
발바닥도 크게
가슴도 배도 크게 크게
펼쳤다

작아진 마음 들키지 않도록

29
불안

불안은 흔들의자와 같다.
뭔가를 하게 하지만
멀리 가지는 못하게 한다.

— 조디 피코 —

Anxiety's like a rocking chair.
It gives you something to do, but it doesn't get you very far.

— Jodi Picoult, Sing You Home —

너는 항상 일,
일, 일을 하지
일 뒤에 숨어서
일을 방패 삼아
사람들로부터 도망치고
자신으로부터 숨어버리지

일은
가장 좋은 핑계
잘 드러나지 않는 거짓말
숨어 있기 좋은 방

30
쓸 모

죄책감은 쓸모없는 감정이다.

방향을 바꾸게 하기에 결코 충분치 않다.

단지 당신을 쓸모없게 만들기에 충분할 뿐이다.

— 대니얼 나이에리 —

Guilt is a useless feeling.

It's never enough to make you change direction — only enough to make you useless.

— Daniel Nayeri, Another Faust —

쓸모없지 않으려고
쓸모를 개발해가며
쓸모를 외쳐가며
쓸모가 되어온 너

쓸모는 사람들 사이에서만 쓸모가 있지
혼자 있을 땐 쓸쓸하고
씁쓸한 쓸모

31

욕 망

세상은 작고
사람들은 작다.
인간의 삶도 작다.
큰 것은 단 하나, 욕망이다.

— 윌라 캐더 —

The world is little, people are little, human life is little.
There is only one big thing — desire.

— Willa Cather, The Song of the Lark —

욕심 중에 가장 무서운 욕심은
재물 욕심 아니고
권력 욕심 아니고

존재에 대한 욕심

더 많이 존재하려는 아슬아슬한 욕심

모든 욕망은 궁극적으로
더 완전해지려는,
더 많이 존재하려는 욕망이다.

32
공 포

한 사람을 죽인 사람은, 한 사람을 죽인 것이다.
자신을 죽인 사람은, 모든 사람을 죽인 것이다.
그로서는, 세계를 없애버린 것이다.

— G. K. 체스터튼 —

The man who kills a man kills a man.
The man who kills himself kills all men.
As far as he is concerned, he wipes out the world.

— G. K. Chesterton, Orthodoxy —

움켜쥐는 순간은 감미롭다

이내 빠져나가는 것은

공포다 아니 다 빠져나가고 남는 것이 공포다

잔뜩

두 눈에 담고

두 손에 담고

가슴에 꾸역꾸역 담아도

돌아서기도 전에

스르르 빠져나가는

너는

33
긴 장

긴장 때문에 그녀는 메스꺼움을 느꼈다.
마치 그녀의 가슴 속에서 하나가 아니라
두 개의 심장이 미친 듯이 뛰고 있는 것 같았다.

― 캐롤라인 핸슨 ―

Nervousness made her feel nauseous, almost like she had two hearts frantically
beating in her chest, instead of one.

― Caroline Hanson, Love is Darkness ―

엄마, 왜 그렇게 긴장하고 있어요?
– 너를 지키기 위해서란다

엄마, 강함이 필요한 게 아닙니다
약함으로 부드러움으로 함께함이
사랑입니다

엄마 이제 긴장은 그만 내려놓으셔요
우리는
아기별이 반짝하는 새벽입니다
세상에서 가장 찬란한 위안입니다

34
견 해

세상은 변화에 불과하고
삶은 견해에 불과하다.

─ 마르쿠스 아우렐리우스 ─

The world is nothing but metamorphosis, and life is nothing but an opinion.

─ Marcus Aurelius, Meditations ─

등불을 들고 걸어가는 일이
어둠을 없애는 것이 아니라
어둠 속에서
어둠과 함께 나아가는 것이듯

사랑이
결함을 없애는 것이 아니라
결함 속에서
결함과 함께 나아가는 것이듯

우리는 모든 것과 공존하며 나아갈 수 있다.
사방이 꽉 막힌 터널 안에서도 나아갈 수 있다.

35

아 니

"때때로 나는 네가 이해가 안 돼." 나는 말했다.
그녀는 나를 쳐다보지도 않은 채
텔레비전을 향해 미소 지으며 말했다.
"넌 한 번도 나를 이해한 적이 없어. 그게 요점이야."

— 존 그린 —

*"Sometimes I don't get you," I said.
She didn't even glance at me. She just smiled toward the television and said,
"You never get me. That's the whole point."*

— John Green, Looking for Alaska —

너는 대충 알겠다고 했지만
그게 아니야
너는 이미 이해했다고 말하지만
그게 아니야

너는 아직
아무것도 몰라

가만가만 귀 기울여 본 적이 없어서
아무것도 몰라
머릿속으로 짐작만 해서
아무것도 몰라

36
서운함

이상하지. 이 모든 것이 내 안에 들어 있다니,
그리고 네겐 이게 그저 단어들일 뿐이라니.

— 데이비드 포스터 월리스 —

How odd I can have all this inside me and to you it's just words.

— David Foster Wallace, The Pale King —

네게 서운한 일이 있었어
이번엔 기어코 짚고 넘어가야겠어
이렇게 해서 이랬고
저렇게 해서 저랬고
참, 이 말은 꼭 해야 해
나는 말들과 의논해 차곡차곡 줄을 세운 뒤
시퍼런 말을 앞세워 네게 갔지

웬걸,

빙그레 웃는 네
얼굴 앞에서
말들은 슬그머니
한 발 한 발 물러나더니

여름 산처럼 웅장한
빙수가 금세
입속에서 사라지듯

얼음병정 같은 말들은
네 눈빛에 녹아

오갈 데 없이
머뭇머뭇
머뭇머뭇

37

원 인

그것은 카르마입니다.
어떤 사람들은 말할 것입니다.
아니라고, 카르마 같은 건 없다고.
다만 행동과 반응, 결정과 결과만 있을 뿐이라고.

— 조시 T. 베이커 —

Es el karma, dirán algunos. No. No existe el karma, solo acciones y reacciones;
decisiones y consecuencias.

— Josh T. Baker, La vida secreta de Sarah Brooks —

심리학에 대한 대중적 관심이 높아지면서 많은 책들이 출간되었고 사람들은 이제 자신이 알고 있는 것을 가지고 상담실로 온다. '부모와의 관계' 혹은 '자존감' 혹은 '나를 좀 사랑하게 됐으면 좋겠어요' 등을 얘기한다. 그런데 그런 개념들을 알게 되면서 오히려 그 개념에 매이게 되는 경우도 많이 있다. "애착에 문제가 있어요"라거나 "부모님이 비난을 일삼으셔서 자기비난이 습관처럼 되었어요"라든지 결핍의 원인과 결과를 설명하면서 오히려 제자리를 맴도는 느낌이라고 할까?

원인을 다 알아냈다고 생각하면 그 순간은 다 해결된 것처럼 기쁠 것이다. 하지만 실제로 달라지는 것이 없어서 또다시 절망한다. 결핍에 이런저런 이름을 붙인다고 해서 결핍이 사라지는 것은 아니니까 말이다. 이를테면 내가 손가락이 하나 없는 것을 애착손상, 자존감 저하, 자기효능감의 문제 등등 온갖 것으로 이름 붙인다고 해서 무엇이 달라질까?

오히려 손가락이 하나 없다는 것을 명확히 알고 그대로 받아들이고, 네 개의 손가락으로 잘 살아가면 된다. 완전함에 대한 인간의 욕망이란 끝이 없으니 문제를 문제 삼지 않는 것, 작은 결핍에 연연하지 않고 더 큰 관점으로 삶을 바라보는 태도가 필요하다. 작은 문제 하나로 더 큰 병을 스스로 지어내는 태도를 멈추어야 한다.

'왜 내가 이렇지? 이게 무엇 때문이지? 왜 나는 이렇지? 왜 나는 이게 부족하지?'라는 시선으로 책을 읽으면 과거 탓, 부모 탓을 하게 되고 부모와 갈등만 빚게 된다. 당연히 더 큰 고립감, 외로움에 빠져들게 된다. 그보다는 '결핍이라는 생각이나 느낌이, 내 시선을 어떻게 좁아지게 하는지' '지금 내가 세상과 맺는 관계를 무엇이 비틀리게 하는지'를 보아야 한다. 마음을 열고 주의를 돌려 맥락을 볼 수 있어야 한다.

자신이 하찮다는 사람, 자신을 소중히 여기기 힘들다는 사람에게 나는 "자신을 사랑하라"고 말하지 않는다. 억지로 되는 일이 아니다. 오히려 있는 그대로 정확히 이해하고 받아들이는 것이 자연스럽다. 우리 모두는 대체로 하찮다. 별것 아니다. 우주의 계시를 받고 이 세상에 온 것도 아니고 세상의 빛과 같은 존재도 아니기 때문에 어느 순간 말없이 사라져도 지구는 꿈쩍하지 않을 것이다.

그런데 그게 슬픈 일일까? 다행한 일 아닐까? 나라는 것이 별것 아니라는 것처럼 편안하게 느껴지는 진실도 없다. '나'라는 것은 별것 아니기 때문에, 사람들로부터 특별한 존중이나 인정, 사랑받기를 기대해서는 곤란하다. 내가 친절하게 대하는 만큼만 상대방도 친절하게 대할 것이고, 내가 사랑하고 존중할 때 상대방도 나를 사랑하고 존중할 것이다.

왜 사람들이 내게 관심이 없는지, 왜 나를 사랑해주지 않는지, 왜 나를 인정해주지 않는지 툴툴거리는 사람들에게는 공통점이 있다. 그들이 정작 타인에게 관심이 없고 어느 누구도 사랑하지 않으며, 자신에게만 주의가 쏠려 있다는 것이다.

38
결핍

왜 사람들은 원하는 것을 가질 수 없을까?
모두를 만족시킬 수 있는 것들이 전부 있지만
모든 사람들이 잘못된 것을 가지고 있다.

— 포드 매덕스 포드 —

Why can't people have what they want?
The things were all there to content everybody;
yet everybody has the wrong thing.

— Ford Madox Ford, The Good Soldier —

누구에게나 결함, 결핍, 갈증, 갈망 같은 것이 있다. 채워지지 않는 구멍 같은 것인데, 스스로 보고 있는 현상들은 대부분 결함의 표층이다. 돈 문제, 가족 문제, 사랑 문제, 자존감이나 열등감, 부적절한 행동 습관, 일이나 대인관계에서 겪는 어려움 등 결핍의 현상, 결함의 증상들은 모두 표층이다. 그래서 표층의 결함은 사람마다 달라 보인다.

자기를 이해하는 1단계는 이러한 표층의 결함을 통해 자기의 구조를 파악하는 것이다. 심리상담, 혹은 과거 경험에 대한 분석이 여기까지는 도움이 된다. 그런데 더 중요한 작업은 그다음부터다. 자기 이해의 2단계라고 할 수 있는데, 여기서부터는 스스로, 자기 몸으로 가야만 한다. 다른 사람이 도와줄 수가 없고 책에서 읽은 지식으로 해결할 수도 없다.

표층의 결함을 가리거나 피하면서 시간을 흘려보내지 않고, 단단히 붙들어서 구석구석 들여다보면 언젠가 심층의 결함에 도달하게 된다. 가장 자신을 힘들게 하거나 계속 반복되는 주제를 파고들어 가면 심층으로 내려가게 되고, 어느 날 거대한 원시적 결함을 만나게 되는데 결함의 원시성을 체험하는 순간 '결함의 보편성'을 온몸으로 깨닫게 된다.

저 밑의 바닥, 거대한 구멍, 원시적 결함을 볼 때 모든 것이 연결되고 이해된다. 선현들이 "초월(깨달음)은 위에 있는 것이 아니라 아래에 있다, 바닥으로 내려가라"고 말씀하셨던 까닭이 여기에 있다. 인간으로 태어났다는 것은, 자기가 알게 모르게 맺어온 매듭을 스스로 풀 수 있는 귀한 기회를 부여받았다는 것을 뜻한다. 누구나 자기 몫의 과제가 있다. 주어진 시간 내에 최선을 다해 매듭을 풀 수 있다면 멋질 것이다.

89
문 제

근본적으로 문제가 있다,
이 생각 말고는 어디에도
근본적인 문제는 없습니다.

— 페마 초드론 —

Nothing is fundamentally a problem, except our identification with it.

— Pema Chödrön, How to meditate:
A practical guide to making friends with your mind —

과거가 문제가 아니라
과거가 문제라고 여기는 생각 때문에
당신은 과거에 매여 있다

그 사람이 문제가 아니라
그 사람이 문제라고 여기는 생각 때문에
당신은 그 사람에게 매여 있다

매는 것도
매이는 것도
푸는 것도
풀리는 것도

나,
나라는 세계

40
가족

행복한 가족은 모두 비슷한데
불행한 가족은 제각각 불행하다.

— 레프 톨스토이 —

All happy families are alike;
each unhappy family is unhappy in its own way.

— *Lev Tolstoy, Anna Karenina* —

가족이란, 서로를 위해 함께 고생하기로 하고 만난 인연이다.

정성껏 고생을 잘 해두면 서로의 쉼터가 되어주면서 과제를 해결하게 되지만, 대충 회피하거나 미루면, 미해결된 과제가 구성원들의 삶 전체에 두고두고 악영향을 끼친다. 원가족의 문제가 대물림되는 이유도 여기에 있다. 내가 정성을 다해 매듭을 하나 풀어내면, 수천 명의 매듭이 동시에 풀린다.

Part 3

만나고 헤어지는 일은
여전히 쉽지 않다

41

만 남

사람들은 이유가 있어서 네 삶에 들어오는 거야.
그들 자신도 그 이유를 모를 수 있고
너도 그 이유를 모를 수 있지.
하지만 이유는 있어. 반드시 있지.

— 조이스 캐럴 오츠 —

See, people come into your life for a reason.
They might not know it themselves, why.
You might not know it.
But there's a reason. There has to be.

— Joyce Carol Oates, After the Wreck, I Picked Myself Up, Spread My Wings, and
Flew Away —

별 하나가
별 하나에
가까워지거나
멀어지는 일이
별의 의지가 아니듯

한 사람이
다른 한 사람을 만나는 일이
기적임을
그땐 몰랐지

하나의
시공간에
함께 있도록
허락되는 일이
얼마나 신비로운 것인지

약속으로 이루어지는 게 아니라
시간과 공간이 일으키는 일임을
그땐 몰랐지

42
관 계

언젠가 지하철 입구에서 그는 말했다.
"너를 오랫동안 알았던 것 같은 느낌이 들어. 왜지?"
그녀는 말했다.
"내가 널 좋아하니까.
그리고 네게 아무것도 바라지 않으니까."

— 레이 브래드버리 —

"Why is it," he said, one time, at the subway entrance,
"I feel I've known you so many years?"
"Because I like you," she said,
"and I don't want anything from you."

— *Ray Bradbury, Fahrenheit 451* —

두 사람이 같은
세계 안에 있으면
말 한 마디 하지
않아도 모든 것을
이미 말한 것이다.

관계란 세계를
만들어가는 것이니까.

43
손

엘리노어의 손을 잡는 건 마치 나비를 쥐는 것 같았다.
두근거리는 심장을 잡는 것 같았다. 무언가 완전하고,
완벽하게 살아 있는 것을 잡는 느낌이었다.

— 레인보우 로웰 —

Holding Eleanor's hand was like holding a butterfly. Or a heartbeat.
Like holding something complete, and completely alive.

— Rainbow Rowell, Eleanor & Park —

"손⋯⋯, 잡아도 돼?"
나는 그 순간을
영원히 잊지 못한다.
그때의 목소리,
시선, 따뜻한 감촉을 통해
완전히 다른 세계로 건너간 것 같은 느낌.

어떻게 그런 일이 가능한 것일까?
그런 느낌은 도대체 무엇과 무엇의 조합으로 가능한 것일까?
결코 재현되지 않는 것이고
복제할 수 없는 것이고
계획할 수 없는 것이어서
신비, 다만 신비라고 할 수밖에 없다.
어쩌면 나는 이런 신비의 힘으로 살아온 것 같다.

44
너

너를 보면, 내 삶이 이해가 됐어.
심지어 나쁜 일들조차 이해가 됐어.
네가 세상에 있게 하기 위해 필요했으니까.

— 조너선 사프란 포어 —

When I looked at you, my life made sense.
Even the bad things made sense.
They were necessary to make you possible.

— Jonathan Safran Foer, Extremely Loud & Incredibly Close —

아침에 한 번
낮에 한 번
저녁에 한 번

너를 한 번 생각할 때마다
머릿속에는
길이 생기고

하늘에
나무에
어느 집 창문에

네가 돋아나

이 세계는 풍성해지고
길은
여기저기 생겨나고

45

골 목

삶을 가능하게 하는 유일한 것은 불확실성이다.
다음에 뭐가 올지 알지 못하는 것.
참을 수 없는, 영원한 불확실성.

— 어슐러 르귄 —

The only thing that makes life possible is permanent, intolerable uncertainty:
not knowing what comes next.

— Ursula K. Le Guin, The Left Hand of Darkness —

골목길을 거닐 때마다
모퉁이를 돌면
네가 있을 거라고 상상했지
흐읍 심호흡하고 눈 감고 휘익,

언제나 너는
보이지 않는 곳에서 불쑥
나타났으니까
흐읍 눈 감고 휘익,

어느 골목일지 알 수 없으니까
여기서
흐읍 휘익,
저기서
흐읍 휘익,

아, 마지막 골목에는
정말로 있었어
네가,

휘익.

46
한 사람

나는 더 이상 소울메이트나 첫눈에 사랑에 빠진다는
얘기를 믿지 않게 되었어. 하지만 이건 믿게 됐지.
만약 네가 운이 좋다면, 네게 딱 맞는 사람을 만나게 될지도
모른다고 말이야. 그건 상대방이 완벽해서도 아니고
네가 완벽해서도 아니야. 네 결점들이, 두 사람으로 하여금
하나가 될 수 있도록 배열되었기 때문이야.

− 리사 클레이파스 −

*I no longer believed in the idea of soul mates, or love at first sight. But I was
beginning to believe that a very few times in your life, if you were lucky, you might
meet someone who was exactly right for you. Not because he was perfect, or
because you were, but because your combined flaws were arranged in a way that
allowed two separate beings to hinge together.*

— Lisa Kleypas, Blue-Eyed Devil —

한 사람이 왔다 가는 건

저 멀리서부터
서서히 들어와 세계의
전경으로 빛나다가
한 발, 한 발
먼 배경으로
물러나는 일이니까

세계를 빚어내는 일이니까

움직임은 있어도
사라지는 것은 없습니다

47
친 구

진정한 친구라면
그는 당신이 필요로 할 때 도울 것이다.
당신이 슬퍼하면 그는 울 것이다.
당신이 깨면 그도 잠을 이루지 못하며
가슴 속 모든 슬픔을
그는 당신과 함께 맡을 것이다.
이런 것들은 아첨하는 적과
진짜 친구가 어떻게 다른지
알려주는 징표다.

— 윌리엄 셰익스피어 —

He that is thy friend indeed,
He will help thee in thy need:
If thou sorrow, he will weep;
If thou wake, he cannot sleep:
Thus of every grief in heart
He with thee doth bear a part.
These are certain signs to know
Faithful friend from flattering foe.

— William Shakespeare, The Passionate Pilgrim —

사위가 깜깜한 침묵일 때
말이 사라질 때
우정은 더욱 빛난다.

힘들 때에 말없이 함께해주고
구설수에 오르더라도 캐묻지 않고
묵묵히 믿어주는 친구는
당신이 잘될 때 진심으로 기뻐하지
자신의 처지와 비교하면서 한탄하거나 질투하지 않는다.

앞에서는 친구라고 하면서
뒤돌아서서 험담하는 사람은
당신이 힘들어할 때 자신의 안녕을 다행스레 여기고
당신이 잘될 때에는 누구보다도 열심히 깎아내린다.

48

두 사람

우리 두 사람에게 집은 장소가 아니다.
집은 사람이고
우리는 마침내 집에 왔다.

— 스테파니 퍼킨스 —

For the two of us, home isn't a place.
It is a person.
And we are finally home.

— Stephanie Perkins, Anna and the French Kiss —

어디로도 갈 수 없는 사람에게
신은,
사람을 보내셨다

이 세계의
끝에서
끝까지
모든 것이
사람에게 들어 있어

세계를 알려거든
한 사람을
만나라
하셨으니

두 사람이 같이 있는 건
서로
그림자를 비춰주기 위해서다

하나의 심장이
다른 심장으로
건너간다
별이 쏟아진다

49
눈빛

나는 거리에서 그녀를 스쳐지나갈 거야

우리는 서로에게

사소한 것들을 이야기하겠지.

하지만 나는 결코 멈추지 않을 거야,

그 고요한 눈길을 찾기 위해

그녀의 눈을 보는 것을.

― 윌리엄 카를로스 윌리엄스 ―

I shall pass her on the street

we shall say trivial things

to each other

but I shall never cease

to search her eyes

for that quiet look

― William Carlos Williams, The Revelation ―

눈빛은 속일 수 없고
만들어낼 수도 없습니다.

뼛속에서 올라오는 거라서
그래요.
내장과 피, 근육과 신경들이 빚어내는 거라서
그래요.

눈빛에는 많은 것이 들어 있습니다.
홀로 울던 밤들이며
주먹을 불끈 쥐던 순간들이며
그리워하는 사람과 꿈꾸던 날들이.

하지만
눈과 눈 사이에서만 일어나는 일이어서
그 눈빛은 당신에게만
보인답니다, 그러니
그 사람의 것만은 아니라고 해야겠네요.

50

타 인

타인과의 관계가 곧
미래와의 관계다.

— 에마뉘엘 레비나스 —

The very relationship with the other is the relationship with the future.

— Emmanuel Levinas, Time and the Other —

당신이 만약 오랫동안 자신을 힘들게 했던 누군가와 화해한다면,
그것은 그 사람과 화해하는 것이 아니다.
당신 안의 부분들과 화해하는 것이다.
당신의 기억과 화해하는 것이다.
단단히 움켜쥐고 있었던 당신의 감정과 생각들을 놓아주는 일이다.
제 갈 길 가도록 모두 내려놓을 때, 당신은 자유를 되찾게 된다.

어떤 사람에게 나쁜 일이 일어났다면
그 일이 있기까지는 천 개의 씨앗이 있었다.
지금 일어난 일은 다시 천 개의 파도가 된다.

우리가 누군가에게 친절히 대할 때
상대방을 위한 것만은 아니다.
자기 자신에 대한 존중이다.
타인은, 내가 보낸 시간의 일부이고
내 얼굴에 남게 되니까.

51
교 차

먼 해안가에서
우리, 다시 만날 수 있기를.

— 에이미 카우프먼, 제이 크리스토프 —

May we meet again on distant shores.

— Amie Kaufman, Jay Kristoff, Obsidio —

사람이 사람을 만나는 깃은
시간과 시간이 교차하는 일입니다

이쪽의 시간이 저쪽으로
저쪽의 시간이 이쪽으로
흘러들어 가기에

허투루 교차하지는
않아야겠습니다

당신을 비껴가기 위해 나는
시간을 비껴갑니다
당신이 봄으로 가면 나는 가을로
당신이 해에게로 가면 나는 달에게로

열심히 어긋나야겠습니다
그래야 세계가 그대로일 수 있겠습니다
무너지지 않도록
침식되지 않도록
평행으로
평행으로

52
이 별

강둑 위에 풀이 자라듯,
삶을 쉽게 생각하라고 그녀는 말했네.
하지만 나는 어렸고 어리석었지.
지금은 눈물이 가득하네.

— W. B. 예이츠 —

She bid me take life easy,
as the grass grows on the weirs;
But I was young and foolish,
and now am full of tears.

— W. B. Yeats, Down by the Salley Gardens —

우리가 만약
다가가는 마음으로 멀어질 수 있다면

처음 만나듯 그렇게
호기심을 가진 채로 이별할 수 있다면

부드럽게 마주친 두 눈으로
웃으며 헤어질 수 있다면

53
부재

누군가를 매우 사랑할 수는 있지.
하지만 누군가를 그리워하는 것만큼
사랑할 수는 없어.

— 존 그린 —

You can love someone so much,
but you can never love people as much as you can miss them.

— John Green, An Abundance of Katherines—

부재처럼
가장 확실하게 존재하는 법도 없다

보이는 것들은 이내
보이는 것들에 묻혀
사라지지만

보이지 않는 것은
묻히지도
사라지지도 않으니

너의 부재는
나의 가장 오래된 존재

54
바 람

강물처럼 달려.

— 수잔 콜린스 —

Run like the river.

— Suzanne Collins, Gregor the Overlander Box Set —

경중경중 뛰어도
발에는 바람 하나 묻지 않는다

아무리 빨리 달려도
발에는 바람 하나 묻지 않는다

물은 발을 적신다 저쪽으로 스며든다
불은 발을 태운다 그리고 재를 남긴다

나는 네게 스며들지 않고
나는 너를 태우지 않고
다만 가볍게
가볍게

스쳐지나가는 바람이다

우리는 서로에게
불이 되어 태우거나
물이 되어 스며들거나
바람이 되어 흔적 없이
지나쳐 가거나

55

빈 집

나는 빈집처럼 당신을 기다려.

당신이 나를 다시 바라보고 여기 살 때까지,

그때까지 내 창문들은 아파할 거야.

— 파블로 네루다 —

So I wait for you like a lonely house
till you will see me again and live in me.
Till then my windows ache.

— Pablo Neruda, 100 Love Sonnets —

마을은 눈 속에 잠겨 있었다
산봉우리는 어둠 속에 잠겨 있었다
배는 물속에 잠겨 있었다
빈집은 기다림에 잠겨 있었다

슬픔에 잠긴
고요에 잠긴
손 하나가
일어나

번쩍하고
칼날을 내리치자
하이얀 무가
뎅강

기다림을 가르고
물속을 가르고
어둠을 가르고
눈을 갈랐다

56

그림자

촛불을 켜면
그림자도 드리워진다.

— 어슐러 르귄 —

When you light a candle, you also cast a shadow.

— Ursula K. Le Guin, A Wizard of Earthsea —

건물은 아래로부터 올라가지만
시선은 위에서부터 내려오듯

만남을 곰곰이 생각하게 되는 것은
헤어지고 난 다음이다

너를 만나러 올라간 시간보다
생각하며 내려온 길이 더 길고

너의 그림자 속에
있은 지는 오래되어

웃는다,
그림자 없이 검은 내가

57

남 자

남자는 소설과 같아서
마지막 페이지까지 어떻게 끝날지 알 수 없다.
그렇지 않으면 읽을 가치도 없을 것이다.

— 예브게니 자먀찐 —

*A man is like a novel: until the very last page you don't know how it will end.
Otherwise it wouldn't even be worth reading.*

— Yevgeny Zamyatin, We —

"남자는 자기를 너무 많이 사랑하는 여자를 두려워하지."
한 남자가 말했다.

다른 남자가 반박했다.
"그 여자가 자신이 사랑하는 여자가 아닐 때만 그래.
만약 자기가 사랑하는 여자라면,
그 남자는 세상에서 가장 행복한 사람일 거야."

또 다른 남자는 이렇게 말했다.
"자신을 정말로 사랑하는 여자가 있다면,
남자는 그 여자를 잃게 될까 봐 두려워하지.
그래서 남자는,
내면이 강하고 독립적인 여자를 두려워해."

두 명의 남자가 동의하며 덧붙였다.
"남자라면 누구나 여자에게 자신이 전부이길 바라기 때문에,
자기에게 의존하지 않는 여자를 두려워하는 거야."

"남자들은 경제적으로나 심리적으로 안정적인 여자를 두려워하지.
모든 남자는, 한 여자에게만큼은 영웅이 되고 싶어 하니까."

58
관 심

만약 어떤 사람이 단 한 명만을 사랑하고
그 외에는 어느 누구에게도 관심이 없다면
그건 사랑이 아니라 공생적 집착이거나 확대된 이기심일 뿐이다.

— 에리히 프롬 —

If a person loves only one other person and is indifferent to the rest of his fellow men, his love is not love but a symbiotic attachment, or an enlarged egotism.

— Erich Fromm, The Art of Loving —

많은 부모들은 자녀가 무엇을 잘하는지, 무엇은 못하는지에 대해서는 관심을 가져도 그 인간 자체에는 관심이 별로 없어. 그 사람이 어떤 사람인지 무엇을 좋아하고 무엇은 싫어하는지, 그건 또 왜 그런지 궁금해하지 않지. 부모들은 자식을 사랑한다고 말하지만, 대개 그 사랑이란 조건적이고 피상적이야. 그건 부모가 나쁘거나 모자라서가 아니라, 자신 역시 그렇게 피상적으로 대하기 때문이야. 자기 자신에 대해 관심이 없기 때문이야. 자신에게 인간적 관심이 없는 사람이 누구에게 순수한 호기심을 가질 수 있겠니.

우리가 어떤 사람을 사랑하려면 그 사람에 대해 순수한 호기심이 있어야 해.
그건 지적인 것을 초월하지. 어떤 리듬 같은 거야.
저쪽에서 공을 던지면 이쪽에서 공을 받는 것.
저쪽에서 둥둥, 하고 북을 울리면 이쪽에서도 둥둥, 하고 북을 울리는 것.
'아!' 하면
'아!' 혹은 '어!' '야!' 하는 것.
리듬, 그건 분석할 수는 있어도 분석으로 만들어지는 건 아니지.
나의 모든 존재를 총동원해 그 안으로,
그 세계로 들어가는 거야.
자기 존재를 완전히 던져 넣을 수 있는가,
그게 가능한 사람은 많지 않아.

사랑할 줄 아는 사람은 많지 않지.

59
우 리

누군가를 정말로 이해하는 건 불가능하다.
그들이 원하는 것과 그들이 믿는 것을 정말로 이해하는 것도 불가능하고
그들이 자신을 사랑하는 방식으로 그들을 사랑하지 않는 것도 불가능하다.

— 올슨 스캇 카드 —

*I think it's impossible to really understand somebody, what they want, what they
believe, and not love them the way they love themselves.*

— Orson Scott Card, Ender's Game —

누군가를 좋아한다고 할 때
우리가 좋아하는 건
어쩌면 그 사람 앞에서의 내 모습

내게 새겨진 그 사람과
그 사람에게 새겨진 내 모습을 합쳐서
우리라고 하지

당신의 우리는 몇 개인가

별과 달과 해와 바람과 바다와 하늘 앞에서
당신은 누구인가

60
사 랑

시간은
기다리는 사람에게는 너무 느리고
두려워하는 사람에게는 너무 빠르며
슬퍼하는 사람에게는 너무 길고
기뻐하는 사람에게는 너무 짧다.
하지만 사랑하는 사람들에게 시간은
시간이 아니다.

— 헨리 반 다이크 —

Time is
Too slow for those who Wait,
Too swift for those who Fear,
Too long for those who Grieve,
Too short for those who Rejoice,
But for those who Love,
Time is not.

— Henry van Dyke Jr., Time Is —

사랑하는 사람들에게 시간은
정지, 혹은 영원이다.

한 사람에 대한 깊은 사랑은
다른 존재들에 대한 친절로 확장될 수 있다.
하지만 그렇다고 해서 본래의 사랑이 그대로
다른 사람에게로 옮겨가지는 않는다.
사랑해본 사람은 안다.
누굴 만나든 무엇을 하든
다른 대상으로 대체하거나 채울 수 없다.

태어나는 순간 우리는 무언가를 잃어버렸는데
그 상실감을 위로해주는 대상이
따로 정해져 있는지도 모른다.
그런 위안을 사랑이라 부르는 것일지도 모르고.

끊임없이 변하고 흐르는, 이 상대적 세계로 오게 되면서
우리는 절대적 세계에 대한 기억을 잊은 거지.
영원을 망각하게 된 거다.
그러니까 뿌리 깊은 상실감, 혹은 그리움은
이 세계에 태어나면서부터 시작된 것이 아닐까?

말하자면 우리는 영원을 잃어버린 아이들이다.

사랑은

시간이 없는 세계,

영원에 대한 향수이자

영원 그 자체.

Part 4

삶에 등대 같은 것이
있다면

61
인 연

우리 중 어느 누구도 혼자 태어나지 않는다.

— 키케로 —

Non nobis solum nati sumus.

— Marcus Tullius Cicero, On Duties —

매일 아침 나는 깨닫는다. '누군가가 나를 돕고 있다. 그러지 않고서 야 이런 일들이 가능할 리 없다.'

우리는 보이지 않는 인연들의 도움으로 살아간다.

그걸 어느 정도 인식하는 사람과 전혀 그렇지 않은 사람의 정신 건 강의 차이가 상당하다는 걸 새삼 실감한다. 어느 누구도 나를 도와 주지 않았고 대부분의 성취를 내가 혼자 해왔다고 믿는 사람은, 내 가 정신을 잘 차려서 판단을 잘 내려야 하고 내가 잘해야 한다는 생 각으로 항상 긴장하기 때문에 평소 불안이 높다. 실제로 불안장애로 상담센터를 찾는 대다수의 클라이언트들은 세상에 혼자 살아가는 것처럼 고립감을 느낀다.

반면 어떤 성취도 나 혼자 한 것은 없고, 여러 인연의 도움으로 여기 까지 왔기 때문에 앞으로도 좋은 인연이 함께할 것이고, 나 역시 좋 은 인연이 되어야겠다, 마음먹는 사람은 '나'라는 것이 그리 대단치 않은 것이기 때문에 중요한 일을 앞두고도 긴장을 별로 하지 않아 불안이 낮다.

이런 것은 경험을 통해 자연스레 터득하는 지혜이고 일종의 믿음이 라서, 정신 건강에 도움이 된다고 권하기는 어렵다. 물론 평소 명상 을 하면 이치를 보는 데에 도움이 된다. 있는 그대로의 전체를 보지 못해서 많은 사람들이 불안해하고 우울해하는 것이니까.

62
길

깨달음으로 가는 길은 멀고 힘들지.

그러니 간식과 잡지를 챙겨 가는 걸 잊지 않도록 해야 해.

— 앤 라모트 —

The road to enlightenment is long and difficult,

and you should try not to forget snacks and magazines.

— Anne Lamott, Traveling Mercies: Some Thoughts on Faith —

한 번에 걸어갈 수 있는 길은 하나니까
아무리 길이 많아도
내 발로 가야 하는 길은 하나니까

결심했으면
뒤는 돌아보는 게 아니다
계속 가봐야 아는 거니까

모든 것이 연결되어 있다는 걸
알 때까지, 아니
알 필요가 없을 때까지
계속 가야 하는 게 길이다

답은,
끝까지 답을 구하는 사람에게만 온다

63
연 결

모든 것은
가깝든 멀든
서로 연결되어 있다.
숨겨진 방식으로,
영원한 힘에 의해.
그러니 당신은 별 하나를 방해하지 않고서
꽃 하나를 딸 수는 없다.

— 프랜시스 톰슨 —

All things
Near and far
Are linked to each other
In a hidden way
By an immortal power
So that you cannot pick a flower
Without disturbing a star.

— *Francis Thompson, The Mistress of Vision* —

당신과 내가
같은 공기를 마시고
같은 날씨를 느끼고
같은 언어를 듣는다니

이 얼마나 놀라운 일이야.

64
냄 새

냄새는 말, 외모, 감정, 의지보다 설득력이 강하다.

냄새의 설득력은 막을 수 없다. 호흡처럼 우리의 폐로 들어와 가득 채우고,

우리에게 완전히 스며든다. 이에 대한 해결책은 없다.

— 파트리크 쥐스킨트 —

Odors have a power of persuasion stronger than that of words, appearances,
emotions, or will. The persuasive power of an odor cannot be fended off,
it enters into us like breath into our lungs; it fills us up, imbues us totally.
There is no remedy for it.

— Patrick Süskind, Perfume: The Story of a Murderer —

어떤 냄새를 맡고는 갑자기 그 향기를 따라 수년 전의 시간과 공간으로 시간여행을 할 때가 있다. 향이 강한 중국 요리 앞에서 문득 북경의 뒷골목 풍경이 떠오른다든지, 길거리를 걷다가 스친 사람에게서 슬쩍 흘러들어온 향기가 과거의 어떤 사람을 생각나게 한다든지.

후각은 특이하다. 시각, 청각, 미각, 촉각과는 조금 다른 방식으로 작동한다. 눈이나 귀, 혀나 피부 등 감각 기관을 통해 들어오는 데이터들은 여러 군데를 거치며 변환되어, 최종적으로 뇌의 시상을 거쳐 대뇌 피질로 들어간다면, 후각만큼은 그렇지 않다. 공기 중의 화학물질을 신경 신호로 변환하는 세포들은 시상을 거치지 않고 대뇌 피질로 정보를 직접 보낸다. 경로가 매우 짧다. 냄새에 대한 우리의 반응은 그만큼 빠르고 무의식적이다.

낯선 공간에 가면 우리는 뭔가를 보고 확인하기 전에 제일 먼저 냄새를 맡는다. 사람을 만날 때에도 무의식중에 냄새부터 맡는다. 뭔가 이상하고 불편하다거나, 뭔가 안전하고 친숙하다고 느낀다. 냄새는 판단에 많은 영향을 끼친다. 다만 의식하지 못할 뿐이고, 뭔가를 경험했다 하더라도 언어로 설명할 수 없을 뿐이다.

냄새를 싫어하면 다 싫어하는 거고
냄새를 좋아하면 다 좋아하는 거다.

63
가장자리

나는 넘어가지만 않을 정도로 최대한 끝에 서 있고 싶다.
중심에 있을 때에는 결코 볼 수 없는 모든 종류의 것들을,
가장자리에서는 볼 수 있으니까.

— 커트 보니것 —

I want to stand as close to the edge as I can without going over.
Out on the edge you see all kinds of things you can't see from the center.

— Kurt Vonnegut Jr., Player Piano —

변방에서는 본질이 더 잘 보인다. 사사로운 것에 덜 얽매이기 때문이다. 어떤 영역, 혹은 세력의 중앙에 들어가면 그들의 이해관계나 관행, 사소한 뉘앙스와 예의 등을 고려하느라 어느 순간 무엇이 본질이고 무엇이 사소한 것인지 구별하기가 어려워진다.

예를 들어 심리상담을 하는 사람에게 가장 중요한 것은 그들이 매일 만나는 클라이언트인데, 심리상담에 관한 협회나 학회, 기타 조직에 들어가게 되면 가장 먼저 하는 일은 누가 선배님이고 대선배님인지 확인해 인사하고 배려하고 그들의 의견에 귀를 기울여야 하는 것이다. 그러다 보면 관행, 관례, 오래된 습관 같은 것에 마음의 기준이나 자리들을 내주어야 하는 경우가 많아진다.

66
읽 기

책은 거울이다.
자기 내면에 이미 갖고 있는 것만을 읽을 수 있다.

― 카를로스 루이스 사폰 ―

Books are mirrors:
you only see in them what you already have inside you.

― Carlos Ruiz Zafón, The Shadow of the Wind ―

"혹시 제가 제대로 이해한 것이 맞나요?"

가끔은 독자분들로부터 이런 질문을 받는다. 학교 다닐 때 국어 시간에 '다음 지문을 읽고 물음에 답하시오. 영희가 철수에게 화가 난 이유로 가장 적절한 것은?'과 같은 문제를 많이 풀어보아서 그런 것일까. 내용을 정확히 읽고 이해했는지, 주제나 소재와 같은 개념을 잘 알고 있는지, 줄거리를 요약해 핵심만 잘 말할 수 있는지와 같은 테스트를 무사히 통과해야 '잘 읽었다'는 느낌이 드는 것일까.

쓰는 사람이 자신의 맥락에서 쓰듯, 읽는 사람은 자신의 맥락에서 읽는다. 저자와 독자의 맥락이 같지 않으니, 글에 대한 느낌이나 이해가 다를 수 있다. 쓰는 사람의 의도가 그대로 읽는 사람에게 전달되어야 좋은 책, 좋은 독서라면 얼마나 끔찍하겠는가. 모든 글은 광고나 정치 슬로건이 되어버릴 것이다.

그래서 나는 자신이 책을 '제대로' 읽은 게 맞는지 물어보는 분들에게는, 답을 하는 게 아니라 오히려 질문을 한다. 어떤 느낌이었고 그 문장이 어떤 의미로 새겨졌는지. 어떤 내용이 좋았다면 왜 좋았고, 불편하게 여겨졌다면 그건 또 왜 그런 것인지. 두 눈을 붙든 문장, 마음이 머문 페이지에 대해 얘기를 나누다 보면, 사실은 책이 아니라 독자의 내면을 만나게 된다. 책은, 읽은 사람이 가꾸는 세계다. 그리해 한 권의 책은 백 명의 독자를 통해 백 권의 책이 된다.

67
의 미

내 삶의 의미란 그저, 하려고 했던 것이라면
무엇이든 내 온 마음을 다해 잘하려고 애썼다는 것,
나 자신을 바치기로 했다면
그게 무엇이든 완전히 바쳤다는 것이다.

— 찰스 디킨스 —

My meaning simply is, that whatever I have tried to do in life,
I have tried with all my heart to do well; that whatever I have devoted myself to,
I have devoted myself to completely.

— Charles Dickens, David Copperfield —

무언가에 매여 있다면
과거의 일이나 생각,
느낌 혹은 이미지가 계속해서
당신을 불러댄다면 그건
아직 당신이
그 의미를 다 파악하지 못했기 때문이다

어떤 경험은
그 의미를 완전히 이해하는 데까지
수십 년이 걸리기도 한다

68
수수께끼

오늘 아침에 일어났을 땐 내가 누군지 알았는데
그 이후로 여러 번 바뀌어버린 것 같아요.

— 루이스 캐럴 —

*I knew who I WAS when I got up this morning,
but I think I must have been changed several times since then.*

— Lewis Carroll, Alice's Adventures in Wonderland and Through the Looking Glass —

아침에 사온 것은 분명 푸르스름한 바나나인데
저녁에 식탁 위에 놓인 것은 반점으로 뒤덮인 노란 바나나

아침에 만난 사람은 평생 잊지 않을 얼굴
저녁에 만난 사람은 잊어버리고 싶은 얼굴

아침에는 꽃이 흐드러지게 피었다가
저녁에는 꽃밭 위로 눈이 쏟아졌다가

아침과 저녁 사이
과연
무엇이 있기에

69
아 침

오늘 밤에는 그럴듯하게 들리지만
내일까지 기다려보라.
아침의 상식을 기다려라.

―H. G. 웰스―

It sounds plausible enough tonight, but wait until tomorrow.
Wait for the common sense of the morning.

— H. G. Wells, The Time Machine —

나는 오후 3시 이후에는 글을 쓰지 않는다. 대체로 오전 중에 쓰는 일을 마무리하고 낮에는 사람들을 만나거나 집안일과 운동을 한다. 저녁에는 가족들과 함께 시간을 보내고 일찍 잠자리에 든다. 쇼펜하우어의 조언을 충실히 따르는 셈이다.

매일 아침 7시 기상. 커피 한 잔 마시고 곧바로 글을 썼다. 12시에는 책상에서 일어나 30분간 플루트를 연주하고 단골 레스토랑으로 가서 점심 식사를 했다. 오후 4시부터 6시까지는 비가 오나 눈이 오나 바람이 부나 상관없이 애완견 아트만을 데리고 산책을 갔다. 저녁 식사를 마친 후에는 인근 도서관에서 신문을 읽은 뒤 연극이나 음악회를 관람했다. 무슨 일이 있어도 밤 10시에는 잠자리에 들었다. 이것은 쇼펜하우어가 27년간 하루도 거르지 않고 지켰던 일정이다. 그는 예민한 감수성을 관리하기 위해 밤에는 읽거나 쓰지 않고 일찍 자는 것을 택했다. 밤의 어둠은 모든 것을 어둡게 보이게 하기 때문에 심각하거나 불쾌한 주제에 대해서는 생각조차 하지 말라고 했다. 밤에는 감기와 같이 가벼운 증상조차 심해진다. 밖으로 향해 있던 주의가 안으로 향하면서 심신의 문제는 더 심각하게 느껴지고 부정적인 생각이 많아질 수 있다. 혹은 정반대로 주의가 좁아지면서 판단력이 희미해져, 허무맹랑하거나 지나치게 자기중심적인 생각에 빠져들기도 한다.

70
쓰 기

나는 항상 두 권의 책을 가지고 다녔다.
하나는 읽을 것.
하나는 쓸 것.

― 로버트 루이스 스티븐슨 ―

I kept always two books in my pocket, one to read, one to write in.

― Robert Louis Stevenson, Essays of Robert Louis Stevenson ―

쉬고 싶을 때 나는 글에 기댄다.

놀고 싶을 때 나는 글을 쓴다.

힘들 땐 글을 쓰며 위로를 받고

외로울 때에도 대화를 나누듯 글을 쓰고

화가 나도, 뛸 듯이 기쁠 때에도 아무에게도 얘기하지 않고

글을 쓴다. 어쩌다 보니 그렇게 되었다.

아주 가끔은 쓸 것이 없을 때가 있다.

마음이 텅 비어

바닥난 느낌.

그럴 땐 눈에 띄는 책을 하나 들고 읽기 시작한다.

공원 벤치에 앉아 읽기도 하고

카페에서 읽기도 하고

읽다가 덮고 산책을 하기도 한다.

그러면 다시 고개를 드는 문장들이 있어

손잡고 걸어 나오는 단어들을 받아 적는다.

누군가 내게 끝없이 쓰는 것도 병이라고

말한 적 있다.

그런 병이라면 기꺼이 평생을 함께해도 좋겠다.

71
소 리

내가 해내고자 하는 일은,
글로 쓰인 단어의 힘으로 당신이 들을 수 있도록,
느낄 수 있도록 하는 것이고
무엇보다 당신이 볼 수 있게 하는 것이다.

— 조셉 콘래드 —

*My task, which I am trying to achieve is, by the power of the written word,
to make you hear, to make you feel — it is, before all, to make you see.*

— Joseph Conrad, Lord Jim —

벽 앞에 가부좌를 하고
바람 소리를 센다

쉬익쉬익 바앙바앙 크르르르르
바람의 소리도 한 가지는 아니다

바람을 헤아리려면
바람이 내 안에 있어야 하고

누군가를 헤아리려면
그 사람이 내 안에 있어야 하고

셀 수 없는 것들은 별이 되어
마당에 들어서 있다

72
이미지

모든 사람에게는 은밀한 삶의 이미지가 있다.
하나의 장면, 어떤 모험, 혹은 그림 같은 것이 있다.
지혜는 먼저 이미지로 말하기 때문에 평생 동안 곰곰이 생각한다면
이 이미지는, 그 사람의 영혼을 이끌어갈 것이다.

— W. B. 예이츠 —

There is for every man some one scene, some one adventure, some one picture that
is the image of his secret life, for wisdom first speaks in images, and that this one
image, if he would but brood over it his life long, would lead his soul.

— W. B. Yeats, The Philosophy of Shelley's Poetry —

어느 겨울, 강원도 오대산에서였다. 새벽 3시에 나는 손전등 하나만 들고 산 위에서 아래로 걸어 내려가고 있었다. 사람들 사이의 갈등을 중재하는 문제에 대해 스님과 의논을 마치고 숙소로 가던 차였다. 조명이라고는 손전등이 전부여서 사위는 깜깜했다. 소나무가 으스스하게 줄지어 서 있고, 새하얀 눈밭은 달빛을 받아 더욱더 적막하였다. 서둘러 걸어가다가 문득 발걸음을 멈추었다.

'무서울 법도 한데 전혀 무섭지가 않네. 왜 이렇게 평온하지?'

문득 든 생각에 시퍼런 소나무들을 바라보았다. 나무 뒤에서 호랑이라도 나타날 분위기였다. 하지만 동시에 내가 그 호랑이인지도 모르겠다는 생각이 스쳤다. 별이 빛나는 하늘을 바라보았다. 눈밭에 쏟아지는 별, 달빛과 소나무, 어딘가 있을 호랑이와 나. 주위에 사람 하나 없었지만 나는 그 순간 모든 것들과 함께하고 있었다. 이대로 완전하다는 느낌이었다. 내가 우주와 연결되어 하나로 존재하는 것 같았다. 아주 짧은 시간이었지만 영원처럼 느껴졌다. 나는 모든 것을 내려놓고 기꺼이 항복했다. 마음은 시원하게 탁 트이고 뭔가가 꽉 들어찬 것 같은, 고요하지만 매우 생생한 평화였다.

오래전의 일이지만, 아마 이때의 경험이 나를 완전히 바꾸어놓은 것 같다. 하늘과 땅과 나무와 달과 직접적으로 연결되어 거대한 우주의 사랑, 맹렬한 호랑이의 기운, 눈밭의 관대함, 밤하늘의 무조건적 포용 같은 것이 한순간 언어를 넘어 내 몸으로 직접 들어왔다.

삶의 복잡한 문제들을 맞닥뜨리다 보면 자신도 모르게 위축될 때가 있다. 감정에 휘말려 주의가 좁아지면서 자기중심적인 생각, 편향되고 왜곡된 생각을 눈덩이 굴리듯 키워나가기도 한다. 알아차리는 순간, 나는 눈덩이 굴리던 것을 멈추고 가만히 누워 이 이미지를 떠올린다. 달빛과 소나무, 밤하늘의 별들과 함께 세상을 꽉 채우는 이미지. 그러면 그때의 기분으로 돌아가 슬며시 미소 짓게 된다.

당신의 삶을 이끌어온 하나의 장면,
하나의 이미지가 있다면 그것은 무엇인가?

73
깍

때로는 손을 뻗어
누군가의 손을 잡는 것이
여정의 시작이다.

— 베라 나자리안 —

Sometimes, reaching out and taking someone's hand is the beginning of a journey.

— Vera Nazarian, The Perpetual Calendar of Inspiration —

깍 깍 깍 깍 깍 깍
꼭 여섯 번씩 운다
내가 좋아하는
우리 동네 까마귀는.

여섯 번 울 때마다
나는 까마귀가 되고
여섯 번 셀 때마다
까마귀는 내가 되고.

74
거 리

그녀는 평생 뭔가를 기다렸다.
그리고 그것이 그녀를 발견했을 때
그것은 그녀를 죽였다.

— 조라 닐 허스턴 —

She had waited all her life for something, and it had killed her when it found her.

— Zora Neale Hurston, Their Eyes Were Watching God —

만약 당신이
아름다운 그림이 되어
내 방에 걸려 있겠다고 한다면
나는 거절할 겁니다
내가 매일 내다보는 저 광장에
높은 탑으로 서 있겠다고 해도
나는 거절할 겁니다
아침마다 정답게 찾아오는
작은 새가 되어주겠다고 해도
나는 거절할 겁니다

답 없는 질문이어야 합니다
풀리지 않는 수수께끼여야 하고
걷히지 않는 안개여야 합니다

그래야만
당신이 내게서 살아남을 수 있으니까

베일을 단단히 쓰고 계셔요
내 손에 닿지 않도록
그만큼 꼭 그만큼만
거리를 두고 계셔요

안개가 걷히는 순간
세계의 막은 내려질 것입니다

75
가 치

삶의 목표는 당신의 심장 박동을 우주의 박동에 어울리게 하고
당신의 본성을 대자연에 어울리게 하는 것이다.

— 조지프 캠벨 —

The goal of life is to make your heartbeat match the beat of the universe,
to match your nature with Nature.

— *Joseph Campbell, A Joseph Campbell Companion: Reflections on the Art of Living* —

내가 맞고, 너는 틀렸다고 주장하려면
계속 그 근거를 찾아내야 한다.
귀한 삶 에너지를
그런 활동으로 허비하고 싶지는 않다.

그보다는,
새벽에서 아침으로 가는 하늘의 신성함을
아침을 환히 열어젖히는 맑은 새소리를
오순도순 함께하는 저녁 밥상을
감상하고 싶다.

지난 일들에 대해 얘기 나누며 친구와 함께 깔깔대거나
아직 말을 배우지 않은, 천진한 아기들의 얼굴을
한 번 더 들여다보겠다.

76
새 벽

모든 새벽이 삶의 시작이 되게 하고
모든 저녁이 삶의 마무리가 되게 하라.

— 존 러스킨 —

Let every dawn of morning be to you as the beginning of life,
and every setting sun be to you as its close.

— *John Ruskin, The Two Paths* —

내가 가장 좋아하는 시간대는 새벽이다.
엄한 얼굴로 가만히 지켜보다가
이제 그만하면 됐다는 듯이
환한 미소로 천천히 걸어 들어오는 아침.
아침의 우아한 전조, 새벽.

찻물은 보글보글 끓고
새들은 요리조리 날고
나는 살랑살랑 걷고

오는 것들이 네게서 오듯
가는 것들은 너에게 간다.

77
심 연

아이처럼, 사실 앞에 앉아 모든 선입견을 버릴 준비를 하고
자연이 이끄는 대로 어디든, 어떤 심연이든 겸손하게 따라가라.
그렇지 않으면 아무것도 배우지 못할 것이다.
이렇게 하는 데 따르는 모든 위험을 감수하기로 결심한 후에야 나는
마음에 들어 있는 것에 대해, 그리고 평안에 대해 비로소 배우기 시작했다.

— 토머스 헉슬리 —

*Sit down before fact as a little child, be prepared to give up every preconceived
notion, follow humbly wherever and to whatever abysses nature leads, or you shall
learn nothing. I have only begun to learn content and peace of mind since I have
resolved at all risks to do this.*

— Thomas Huxley, Life and Letters of Thomas Henry Huxley —

한낮에 지는 것이 꽃만은 아니다
눈이 지는 자리를 본 적이 있는가

지는 것들은 낮은 곳으로 간다
한없이 낮아져 밑으로, 밑으로 내려간다

초월은 위에 있지 않고
저 아래 구멍에 있어

지는 것들은
구멍 바깥으로, 바깥으로 자신을 밀어내어
허공을 크게 웃돈다
그리하여

이 세계는 한 뼘쯤 더 커질 테고
우리는 한층 더 낮아질 것이다

78
표 면

하늘에 사는 것보다는
하늘을 보는 게 낫다.
텅 비어 있어, 너무나 모호하며
천둥이 치는 나라일 뿐이니까.

— 트루먼 카포티 —

It's better to look at the sky than live there. Such an empty place;
so vague. Just a country where the thunder goes.

— Truman Capote, Breakfast at Tiffany's and Three Stories —

기껏해야
표면만 긁어대며
표면의 일로 왕왕거리며
울다 웃다 싸우다 껴안다
차례차례 가루로 흩어져 간다

단 한 순간도
핵을 살 수 없고
단 한 순간도
핵을 볼 수 없고
단 한 순간도
핵일 수 없어

허름하고 미미한
생이지만

늙은 호박 삶은 것에
참기름이랑 간장 넣어 무쳐 먹는 게 좋으냐
그냥 먹는 게 좋으냐 진지하게 물으시는
어머니 얼굴에 적당히 대답하고는
눈물 솟는 날 있다, 이 삶 비록 표면일지라도 너무 뜨거워서

79
하 품

시커먼 우주가 하품하는 것을 보았다.
검은 행성들이 목표 없이 굴러다니는 곳,
두려움도 무시된 채 굴러다니는 곳,
지식도, 빛도, 이름도 없이.

— H. P. 러브크래프트 —

I have seen the dark universe yawning
Where the black planets roll without aim,
Where they roll in their horror unheeded,
Without knowledge, or lustre, or name.

— H.P. Lovecraft, Nemesis —

어부들이 한 대야 가득 꼬막을
해감한다. 바닷물처럼 짜게 소금은 듬뿍 넣고
어두워야 입을 더 잘 벌리니 신문지로 덮고
동전 몇 개 넣어두면 더 빠르다며
착착 차라락 능숙한 몸짓으로.

일제히 벌어지는 입들을 보며 딸은 묻는다,
저건 의식적으로 하는 것일까,
아니면 반사적으로 하는 것일까?

생리적으로 그런 조건이 되어
자신도 모르게 하는 것이지,
소금물에 입 벌리듯 나는 절로 답하였다.

딸은 고개를 끄덕인다.
아, 하품처럼?

그래,
기를 쓰며 살아온 것 같아도
나도 모르게 이쪽으로
휘었다가 저쪽으로 휘면서 왔지.
해감하는 조개들처럼
절로 입 벌어지는 하품처럼.

80
우 연

나는 섭리를 믿는다.
내 삶에는 아주 작은, 완벽한 우연들이 너무 많았다.
어느 시점이 되면 그것들은 우연이 아니게 된다.

— 캐스퍼 베가 —

*I do believe in Providence. There have been far too many tiny perfect coincidences
in my life. At some point, they cease to be coincidences.*

— Caspar Vega, The Pink Beetle —

우연히 눈은 나리고
(한 달 전부터 계획한 것이 아니다)

너는 우연히 내게 왔다
(십 년을 약속한 것이 아니다)

검은 물에 하얀 눈이 나리는 것은 순전히 우연이다
하지만

검은 물 아래
형형색색으로 얽히고설킨 실들을
보지 못했을 뿐이다
실들이 눈을 이끌었을지
누가 알겠는가

하얀 눈이
검은 물에 스미어
밑으로 밑으로
잠든 실들에게로 가듯

모든 것은 우연이지만
이미 우연이 아니다
그러니

우리는
우연이기로 하자
약속 없이
계획 없이
눈 오는 날 우연히 만나도록 하자

Part 5

아늑하게 원래
그대로 평안하게

81

엄 마

이야기는 때론 단순하고, 때론 힘들고 가슴 아프다.
하지만 당신의 모든 이야기 뒤에는 항상 당신 어머니의 이야기가 있다.
어머니의 이야기는
당신의 이야기가 시작되는 곳이니까.

— 미치 앨봄 —

*Sometimes the stories are simple, and sometimes they are hard and heartbreaking.
But behind all your stories is always your mother's story, because hers is where
yours begin.*

— Mitch Albom, For One More Day —

우리가 평생 찾아다니는 건 다름 아닌,
엄마다. 이상적인, 완전한 엄마.

엄마!
엄마, 엄마!

어떤 사람들은 자신을 부르는 아이의 목소리를 들을 때마다 가슴이
벅차고 뿌듯하다지만 또 많은 사람들은 그 소리에 새삼 놀라고 불안
해지고 뭔가 죄책감이 든다고도 한다. 좋은 엄마가 되지 못한다는
죄책감, 아이를 잘 키워낼 수 있을까 하는 불안과 부담감.

뭐든 잘해야 한다고 생각하는 사람들이 가장 힘들어하는 영역이 바로 '엄마' 되기다. 노력만으로, 긴장만으로 잘할 수 있는 게 아니어서 그렇다. 엄마는 아이를 위해 밥도 하고 청소도 빨래도 쇼핑도 척척 해내야 하지만, 동시에 두 눈을 마주치고 함께 있어 주어야 한다. 많은 엄마들이 전자의 노동보다 후자의 놀이를 힘들어한다. 긴장보다 이완이 어렵고 아이와 함께 가만히 있는 것은 견디기 어렵다. 왜 그럴까?

좋은 엄마에 대한 지식은 많지만, 막상 경험은 없어서 다들 너무 애쓴다. 최소한 내가 겪은 이러저러한 것들은 겪지 않게 해주고 싶고, 내 결핍은 물려주지 않고 싶고, 나보다는 행복하게 살게 되길 바란다. 그래서 너무 많이 알아보고 너무 많이 애쓴다. 긴장이 들어간다. 아이는 엄마 얼굴을 바라보며 함께 웃자 하는데, 엄마는 뭔가 문제는 없는지 계속 살핀다. 그래서 계속 어긋난다.

많은 이들이 이상적인 엄마를 꿈꾼다. 생각할 수 있는 범위 내에서 가장 완전하다고 여겨지는 엄마. 물론 그런 건 없다. 현실에 존재하지 않는다. 그래서 끝없이 노력하고 끝없이 찾아 헤맨다. 동경해서 닮아가고 싶은 사람을 맹렬하게 좋아하는 것도, 뭐든 받아줄 것 같은 안전함을 느끼게 해주는 사람에게 끌리는 것도, 보살피거나 보살핌을 받는 행위도, 한 사람에게 전부가 되고 싶은 마음도, 무조건적 칭찬과 지지로 응원해주길 바라는 것도 결국 엄마에 대한 욕구다.

82
음 악

음악이 연주되면 우리는 멜로디를 듣는다.

음악이 다만 시간의 한 유형이라는 사실을 잊은 채.

오케스트라가 조용해질 때 우리는 시간을 듣는다, 시간 그 자체를.

나는 멈춤 안에 살고 있었다.

— 밀란 쿤데라 —

When music plays, we hear the melody,
forgetting it is the only one modes of time;
when orchestra falls silent, we hear time; time itself.
I was living in a pause.

— Milan Kundera, The Joke —

어느 한 지점만 잘라서
머무를 수 없고
멈추어 공유하기 어렵다는 점에서
음악은 시간이다.

음악을 감상하려면
시간을 내어주어야 한다.
멜로디와 보조를 맞추어 흘러가야 한다.
음악의 박자가 곧
듣는 이의 속도가 되어
음의 흐름에 자신을 맡기고
완전히 항복하면
말이 사라지고 내가 사라져
완전히 다른 세계로 초대된다.

미술은 공간이어서
속도도 보폭도 제한하지 않는다.
적당한 거리를 두고
함께 있으면 그걸로 족하다.
음악보다는 차갑고 독립적이며
어떤 순간도 붙잡지 않는다.

자기가 사라지는 세계가 음악이라면
자기가 생생하게 살아 있는 곳이 미술이다.

83

영 화

우리는 거울에 비친 자신을 보고 싶어 하는
지구상의 유일한 생물입니다. 우리는
우리가 같지만 또한 다르다는 것을 알기 때문에
공유해야 합니다. 우리 자신을 이해하기 위해
우리 종의 다른 구성원들에게 투영된 자신을
볼 필요가 있습니다.
영화가 바로 그 거울입니다.
영화는 타인과 우리 사이의 다리입니다.

— 알레한드로 곤잘레스 이냐리투 —

We are the only creatures on planet earth that want to see ourselves in the mirror.
Because we know we are the same, but we are different, we need to share.
We need to see ourselves projected in other members of our species to, in turn,
understand ourselves. Cinema, is that mirror. It is a bridge between the others and us.

— Alejandro González Iñárritu, Iñárritu's LACMA Speech 'Undocumented Dreamers' —

좋은 영화를 보고 나면, 눈이 뜨거워지고 가슴은 시원해진다.

영화와 삶이 다른 점은, 결말의 장면을 의식하고 해석하며 되새길 수 있는지 여부에 있다. 죽음은 의식이 흐려지는 과정이므로 되새기기 전에 끝난다. 끝을 의식할 수 없다는 건 축복일까 저주일까?

소설이나 드라마, 영화와 같이 만들어진 이야기들은 이른바 해피엔딩을 선호한다. 결말이 침침하고 어두우면 감상하던 사람의 마음도 뭔가 무거워진다. 사랑하는 두 사람은 결혼을 하거나 같이 살기로 결정이 되어야 하고, 착한 사람은 원하던 것을 이루어야 하며, 나쁜 사람은 벌을 받아야 완결이다.

하지만 실제 삶에서 완결은 없다. 단편적인, 일시적인 성공과 실패는 있어도 영원한 성공과 실패는 없다. 그래서 나는 실패로 보이지만 사실은 실패가 아니고, 성공한 것처럼 보이지만 성공이 아닌, 삶의 복잡한 다층성을 담아내는 이야기가 좋다. 영화 〈사랑을 놓치다〉가 그 예다.

두 주인공은 서로 사랑하는데 그게 사랑이라는 걸 모른다. 그래서 십수 년을 엇갈리고 헤매고 허비하다가 영화가 거의 끝날 때가 되어서야 겨우 만난다. 심지어 그 만남조차 어떻게 이어질지 알 수 없다. 감독은 이야기를 완결시키지 않는다. 인간의 어리석음을, 시행착오를, 그 자체를 한없이 따뜻하게 바라본다. 지지부진한 삶이지만 만남의 순간만은 찬란하게, 소중하게 그려낸다.

삶의 단편들이 그러하다. 결과가 어떻게 나든 그 순간이 소중한 것이다. 시간이 밀어내면서 지워나가도 순간의 진실은 소중하다. 진실은 오직 순간에만 있어서 시간이 쏟아내는 일들 앞에서 때로 무력해지고 시간이 던져내는 일들에 밀리고 잊히더라도, 진실이 당신의 삶을 전혀 바꾸지 못하고 아무것도 가져다주지 못해도 당신은 매순간 진실을 지켜야 한다. 결실을 맺지 못하더라도, 비록 실패하더라도 괜찮다. 삶은 완결이 없는 여정이니까, 해피엔딩도 새드엔딩도 따로 없다.

84
여 름

그렇게 나는 햇살과,
빠르게 전개되는 영화에서 뭔가가 자라나는 것처럼
나무들에서 터져나가듯 자라나는 이파리들과 이 여름과 함께
내 인생이 다시 시작되고 있다는 익숙한 확신이 들었다.

— F. 스콧 피츠제럴드 —

And so with the sunshine and the great bursts of leaves growing on the trees,
just as things grow in fast movies, I had that familiar conviction that life was
beginning over again with the summer.

— F. Scott Fitzgerald, The Great Gatsby —

피립피립피리리

쏴아아아아

피립피립피리리

쏴아아아아

새 울 땐 비가 기다리고
비 울 땐 새가 기다리고

약속이나 한 듯
번갈아가며

한 뼘씩 열어내는,
여름

85
가을

10월이 있는 세상에 산다는 게,

정말 기뻐요.

— L. M. 몽고메리 —

I'm so glad I live in a world where there are Octobers.

— L. M. Montgomery, Anne of Green Gables —

감이 익는 계절에
우리는 만나자

시끄럽고
분주했던 여름에
미처 하지 못한
얘기들을 나누자

지난 겨울
한없이 쏟아지던
얼굴이며
지난 봄에 못다 핀
꽃들을 불러 모아 이야기하자

그렇게 다 같이,
감나무 앞에 둥그렇게 앉아
함께 익어가자

86
아름다움

네가
네 최고의 것이야.

ー토니 모리슨ー

You are your best thing.

— Toni Morrison, Beloved—

가장 아름다운 시는
아직 쓰이지 않은 시
가장 아름다운 그림은
아직 그려지지 않은 그림

우리는

아무도 꺾지 않는 꽃
아무도 꾸지 않는 꿈
아무도 하지 않은 말
아무도 걷지 않은 길

87
비

나는 그녀에게 손을 뻗어 그녀의 손가락들을 감아쥔다.
빗물이 그녀의 손바닥 위로 떨어지도록.
엄지손가락으로 피부 위의 물을
매만지며 원을 그린다.
두려워할 게 없다는 것을 보여주고 싶어서.

— 에이미 카우프먼 —

I reach for her hand and wind my fingers through hers,
turning them so the rain patters down onto her palm.
I trace a circle there with my thumb, smoothing the water in her skin.
I want to show her there's nothing to be afraid of.

— Amie Kaufman, These Broken Stars —

빗속에서는 비가 되어 걸으렴
젖지 않도록
아니 마르지 않도록

눈이라든가
바람, 해 같은 것들은
잠시 잊고

내내
온통 비가 되어
한데 흐르면

어딘가로 분명 가지 않겠니

88
영혼

영혼은 그렇게 빨리 움직일 수 없다.
잃어버린 수화물처럼 뒤에 남겨져
도착하기를 기다려야만 하지.

— 윌리엄 깁슨 —

Souls can't move that quickly, and are left behind, and must be awaited,
upon arrival, like lost luggage.

— *William Gibson, Pattern Recognition* —

우리는 늘 뭔가를 기다린다. 구체적 대상이나 특정한 결과를 기다리기도 하고, 때로는 막연히, 갈피를 잡을 수 없을 정도로 아득하게 기다린다. 중요한 무언가를 잃어버린 사람처럼, 집을 두고 멀리 헤매는 아이처럼 끝없이 기다린다. 기대하던 결과를 얻거나, 기다리던 대상을 만나도 기다림은 끝나지 않는다. 그다음을 또 기대하고 기다린다.

그러다가 어느 순간, 아무것도 더는 필요하지 않은 사람처럼 충만한 기쁨을 느끼기도 한다. 그런 기쁨의 순간은 계획할 수 없다. 여름 늦저녁 해 질 무렵의 불타는 하늘을 내다볼 때, 가을바람에 팔랑거리는 나뭇잎이 어깨를 스칠 때, 아삭아삭한 겨울 새벽 공기를 온몸으로 들이마실 때 느껴지는 충만감은 예측할 수 없다.

만약 영혼이라는 것이 따로 있다면 그런 작은 순간에 존재감을 드러내는 것이리라. 먼저 바삐 달려가는 몸과, 앞서가느라 산란한 마음을 한데 모이게 해주는 존재가 영혼일 것이다. 충만감을 느끼는 시간은 매우 짧지만, 그 향기는 오래간다. 멈추지 않는 팽이처럼 고요하지만 끊임없이 우리를 변화시킨다. 우리 자신을 꽉 채웠던 순간은 오래도록 남는다.

89
빛

사랑했던 사람이 언젠가 내게 주었지,
어둠으로 가득 찬 상자를.

이해하는 데 몇 년이 걸렸네,
이것도 선물이었다는 것을.

— 메리 올리버 —

*Someone I loved once gave me
a box full of darkness.*

*It took me years to understand
that this too, was a gift.*

— Mary Oliver, The Uses of Sorrow —

어둠 한가운데에
가장 선명한 빛이 있다는 걸
아직 믿지 못한다면
당신은 어둠의 가장자리에만
가본 것이다.

매서운 겨울 한가운데에
뜨거운 여름이 있다는 걸
아직 모른다면
당신은 겨울을 아주 조금
겪었을 뿐이다.

빛을 실감하기 위해 어둠을,
삶을 잘 살아가기 위해 죽음을,
사랑을 이해하기 위해 이별을,
말을 정제하기 위해 침묵을,
존재를 탐구하기 위해 부재를 들여다보도록 하자.

90
받아들임

우리가 땅의 지혜에 항복한다면,
나무처럼 뿌리를 내릴 수 있을 텐데.

— 라이너 마리아 릴케 —

If we surrendered
to earth's intelligence
we could rise up rooted, like trees.

— Rainer Maria Rilke, Rilke's Book of Hours: Love Poems to God —

두려움의 반대말은
두렵지 않음이 아니라
받아들임이다.
지금 여기 온전히 있음이다.

사람들이 두렵기 때문에 도망가는 것이 아니라
도망가기 때문에 두려운 생각을 하게 되는 것이므로.
불안하기 때문에 머무르지 못하는 것이 아니라
머무르지 않아서 불안한 생각을 하게 되는 것이므로.

지금 여기에 온전히 머무르고
있는 그대로 받아들여
나 자신에게 뿌리내리면

일어나는 일, 그 안으로 들어가
나와 그 일이 하나가 되면
두렵다거나 불안하다는 생각이
자라날 틈이 생기지 않는다.

91
호흡

인간의 모든 문제는, 방안에 혼자 조용히 앉아 있지 못하는 것에서 비롯된다.

— 블레즈 파스칼 —

*All of humanity's problems stem from man's inability to sit quietly in a room
alone.*

— Blaise Pascal, Pensées —

'가만히 앉아 있는 것이 힘들다'는 사람들이 의외로 많다. 잠시도 가만있지 못해 핸드폰을 들여다본다거나 뭔가를 계속 먹는다. 마치 뭔가에 쫓기는 사람처럼 끊임없이 자극을 찾아 어딘가로 도망치는 것처럼 보일 정도다.

심리치료 방법 중 모리타 요법이라는 것이 있는데 쇼마 모리타라는 일본 정신의학자가 창시한, 매우 특이한 불안장애 치료법이다. 네 단계로 이루어진 치료법의 첫 단계가 바로 독방에 혼자 있어 보기다. 창문도 없는 독방에 TV나 라디오, 핸드폰이나 전화, 인터넷은 물론이고 책이나 노트도 아무것도 없이 환자 한 명만 들어가게 한다. 정해진 날짜 동안은 밖으로 나오지 못하고 심지어 병원 직원이 방으로 도시락을 넣어줄 때에도 눈도 마주치지 않고 서로 말도 걸지 않게 한다. 철저히 혼자, 아무것도 없이 자기 자신과 있는 것. 왜 이렇게 극단적인 방법을 썼을까? 어떻게 해서 불안장애가 치료되었을까?

원리는 간단하다. 지금 뭔가 불편한 경험을 맞닥뜨리기 싫어 다른 자극으로 도망가려고 할 때, 도망갈 곳을 차단함으로써 회피하는 습관을 끊게 하는 것이다. 있는 그대로의 알아차림과 받아들임을 촉진하기 위해 100년 전에 고안된 방법인데, 지속적인 연구를 통해 보완되어 지금도 일본의 정신과 병원에서 많이 쓰이는 불안 치료법 중 하나다.

막연한 불안, 만성적인 불안을 경험하는 사람들의 대부분은 내면의
비판, 판단, 평가에 시달리는 경우가 많다. 과거에 대한 기억, 미래
에 대한 공상, 현재 일어난 일들에 대한 쉴 새 없는 판단이 우리 마
음을 채울 때가 많다. 이런 정신적 흥분 상태는 뭔가를 가리거나 피
하기 위해 무의식중에 발달시켜온 것으로, 오랫동안 몸에 배어 단번
에 고치기 어렵다. 겉도는 생각들로 쳇바퀴 돌며 바쁘게 지내는 한,
우리는 결코 뭔가에 깊이 뚫고 들어갈 수 없으며, 실질적으로 필요
한 일에 주의를 기울일 집중력을 기를 수 없다.

산란한 마음도 습관이고, 이런 습관을 줄이려면 대체할 행동이 필요
하다. 널리 권해지는 좋은 방법 중 하나가 호흡에 단단히 초점을 맞
추어, 마음을 가라앉히는 것이다. 3분이나 5분 정도 알람을 맞추어,
그 시간 동안만큼은 호흡이라는 말뚝에 의식을 묶어둔다. 주의가 흩
어지려 할 때마다 다시 호흡으로 주의를 데려오는 간단한 방법이다.
일어난 생각이나 느낌이 어떤 것이든 그것에 사로잡히거나 말려들지
말고 그대로 관찰하고 내버려둔다. 생각이나 감정은, 또 다른 생각을
덧붙이면서 더 심각해진다는 것을 염두에 두고 일단 '멈춤'한다. 의
식을 호흡에 둠으로써 생각 습관의 연결고리를 잠시 끊어본다.

92

적 응

인간은 그 무엇에도 적응할 수 있는 생물이다.
나는 이것이 인간에 대한 최고의 정의라고 생각한다.

— 표도르 도스토예프스키 —

*Man is a creature that can get accustomed to anything,
and I think that is the best definition of him.*

— Fyodor Dostoevsky, The House of the Dead —

변화에 적응한다는 건 생존을 유리하게 하는 능력이다. 아무리 괴롭고 힘든 일도 시간이 지나면 점차 잊히면서 그 영향이 사그라진다. 너무 하기 싫었던 일도, 결코 할 수 없을 것 같은 일도 하다 보면 조금씩 익숙해져서 잘하게 되거나 심지어 흥미를 느끼기도 한다.

사람도 비슷하다. 낯설고 이상해 보이는 사람도 자꾸 만나고 들여다보면서 하나하나 알게 되면 이해가 되고, 관심이 생겨나거나 좋아하게 되는 경우도 있다.

적응이라는 능력은 우리를 뜻밖의 지점으로 데리고 가기도 한다. 가슴을 뛰게 하던 멋진 사람에게 무덤덤해지거나, 평생 좋아할 것 같은 일이나 취미에 시들해지기도 하고 결코 잊지 않을 것 같은 감동적인 순간들도 의식 뒤편으로 물러나게 한다.

인간의 의식은 매우 제한적이다. 지금 이곳에의 적응이 무엇보다 중요하니까 모든 생각과 감정과 기억을, 그에 맞추어 조정하고 조절한다. 그 과정에서 어떤 것들은 아무리 중요해도 과거로 떠밀려가고, 또 어떤 것들은 예상치 못하게 현재가 되고 미래가 되기도 한다. 적응, 혹은 생존을 위해 뇌가 작동하면서 부산물처럼 만들어진 것이 인간의 의식이라고 말하는 과학자들도 있을 정도다.

적응을 위해 몸이 변하고 그에 따라 마음도 변한다면, 삶의 목적이나 가치, 의미 같은 건 불필요하지 않을까? 오히려 그 반대다. 변화의 속도가 유례없이 빠른 지금과 같은 시대일수록 환경에 휩쓸려가지 않게 해주는 단단한 내면의 기준은 더 중요해진다. 변화가 크고 많을수록 적응하기 위한 에너지도 더 많이 필요해서 금방 소진되기 쉽고, 지나치게 많이 움직여서 잘못된 지점에 가게 될 가능성은 더 커졌으니까. 생각할 시간이 줄어들수록 생각 하나의 영향은 커지는 법이니까.

93

별

우리는 언제 죽을지 알 수 없기 때문에 삶을 마르지 않는 우물처럼 생각한다.
하지만 모든 것은 몇 번 정도밖에 일어나지 않으며 사실 매우 적은
숫자만큼 일어난다. 그때 없이는 당신의 삶을 상상할 수도 없을 만큼,
매우 깊게 존재의 일부분이 된 오후를, 그런 어린 시절의 오후를
당신은 몇 번이나 더 기억하게 될까? 네 번 혹은 다섯 번, 어쩌면
그 정도도 안 될 것이다. 당신은 몇 번이나 보름달이 뜨는 것을 보게 될까?
아마 스무 번. 그런데도 그 모든 것들은 무한한 것처럼 여겨진다.

— 폴 보울스 —

*Because we don't know when we will die, we get to think of life as an
inexhaustible well. Yet everything happens only a certain number of times, and
a very small number really. How many more times will you remember a certain
afternoon of your childhood, some afternoon that's so deeply a part of your being
that you can't even conceive of your life without it? Perhaps four or five times
more. Perhaps not even that. How many more times will you watch the full moon
rise? Perhaps twenty. And yet it all seems limitless.*

— Paul Bowles, The Sheltering Sky —

하늘에 별 뜨자
바다에도 별 떴다
하나 둘 셋 넷

서로 약속이나 한 듯
일정한 간격으로

별 그물이 바다를 덮는다

그래 사랑을 지키는 건
약속이고
간격이다

멀리 있는 사랑을
지키는 하늘의 별
가까이 있는 사랑을
지키는 바다의 별

바다에 별 뜨자
하늘에도 별 떴다
넷 셋 둘 하나

94
하 루

아침에 생각하고
낮에는 행동하라.
저녁에는 먹고
밤에는 자라.

— 윌리엄 블레이크 —

Think in the morning.
Act in the noon.
Eat in the evening.
Sleep in the night.

— William Blake, The Marriage of Heaven and Hell —

자주 하는 것이 내가 된다,
생각이든 감정이든 행위든.
자주 만나는 것이 내가 된다,
시간이든 공간이든 사람이든.

우리를 만드는 건
보통의 하루들이다.

하루는
그 사람이 어떤 사람인지를 보여준다.

95
세 계

깨닫는 방법을 배우려면
자기에 대해 배운다.
자기를 배운다는 것은
자기를 잊는 것이다.

— 도겐 —

To study the way of enlightenment is to study the self.
To study the self is to forget the self.

— Dogen, Shobogenzo —

눈, 귀, 코, 혀, 몸, 의식이 내 세계다
나는 눈, 귀, 코, 혀, 몸, 의식이다
나는 곧 내 세계다

눈, 귀, 코, 혀, 몸, 의식 없이는
나도 없고 세계도 없다
눈, 귀, 코, 혀, 몸, 의식에
걸리는 것을 알아차리고 정성을 다해 돌본다

있는 척하지도 않고
없는 척하지도 않는다

96
지 혜

난 변한 적 없어.
좀 더 내가 되었을 뿐이지.

— 조이스 캐럴 오츠 —

I never change, I simply become more myself.

— Joyce Carol Oates, Solstice —

우리가 우리 자신이 될 때,
그리해 어떠어떠하다는 것을 잊어버릴 때

비로소 삶에 일어나는 모든 것을
있는 그대로 보고 듣고 느끼고 경험할 수 있다.

어떤 것은 붙잡고 어떤 것은 없애고,
어떤 것은 드러내고 어떤 것은 가리는 게 아니라
일어나는 것은 일어나는 대로
사라지는 것은 사라지는 대로
바라보고 받아들일 수 있다.

97
용 기

우리의 적들에게 맞서기 위해서는 많은 용기가 필요하다.
하지만 우리의 친구들에게 맞서기 위해서도
그만큼의 용기가 필요하다.

—J. K. 롤링—

*It takes a great deal of bravery to stand up to our enemies,
but just as much to stand up to our friends.*

— J. K. Rowling, Harry Potter and the Sorcerer's Stone —

용기는 혼자 걸어가지 않는다.
언제나
지혜의 뒤를 따른다.

무엇이 중요한지
알아야

내려놓을 것은 내려놓고
지킬 것은 지키는
용기가 된다.

98
패 턴

우리는 무엇에 자기 자신을 노출시킬 것인지
선택할 수 있다.

— 리사 펠드먼 배럿 —

We can choose what we expose ourselves to.

— Lisa Feldman Barrett, Seven and a Half Lessons about the Brain —

사람들은 말한다,

누군가가 이렇게 해서,

어떤 사람 때문에 힘들다고.

하지만 정작 자신이 빚어내는 패턴에 대해서는 잘 알지 못한다.

반복되는 일들에는 반드시 내 몫이 있기 마련인데

모르고 하고, 했다는 걸 모른다.

그래서 일어난 현상 밑에 숨은 원리를 드러내 함께 살펴보고 나면

화들짝 놀란다. 알고 보면 궁지로 몰고 가는 건

언제나 자기 자신이다.

우리는 머리를 많이 써서

많은 노력을 기울여 각자의 무덤을 판다.

항상 나를 가로막는 건 나다.

어떻게 가로막고 있는지, 왜 그러는지 명확히 알면

눈에서 비늘이 떨어진다.

99
평안

사람은 우리가 '우주'라고 부르는 전체의 일부이며,
시간적으로도 공간적으로도 제한된 부분입니다.
우리는 자신, 그리고 자신의 생각과 감정을 우주의
나머지 부분들과 별개인 것처럼 경험합니다.
의식의 착시라고 할 수 있습니다. 이러한 망상에서
자유로워지는 것이 진정 종교가 해야 할, 단 하나의 과제입니다.
망상을 키우는 게 아니라, 망상을 극복하려고 노력해야
마음의 평안을 얻을 수 있습니다.

— 앨버트 아인슈타인 —

*Ein Mensch ist ein räumlich und zeitlich beschränktes Stück des Ganzen, was wir
'Universum' nennen. Er erlebt sich und sein Fühlen als abgetrennt gegenüber dem
Rest, eine optische Täuschung seines Bewusstseins. Das Streben nach Befreiung
von dieser Fesselung ist der einzige Gegenstand wirklicher Religion. Nicht das
Nähren der Illusion sondern nur ihre Überwindung gibt uns das erreichbare Maß
inneren Friedens.*

— Albert Einstein Archives, Hebrew University of Jerusalem, Israel —

가끔은 치밀어 오르는 화, 분노, 혐오, 열등감, 피해의식 등으로 힘들어질 때가 있다. 심리학 연구들에 따르면, 부정적인 경험은 억지로 잊거나 없애려고 하지 않는 것이 좋다.

감정과 통증에는 많은 공통점이 있는데 그중 하나가, 억지로 빨리 없애려고 할수록 더 강해진다는 것이다. 생각도 비슷해서 스스로 금지하거나 억압하면 더 많이 생각난다. '하지 말아야 돼!'라고 스스로 말하는 순간, '무엇을?'이라는 단서에 주의가 쏠리기 때문이다. '우울하면 안 돼!' 하면 우울하다는 것에 더 초점이 맞춰지고, '불안하면 안 돼!' 하면 자동적으로 불안과 관련된 단서에 더 민감해진다. 너무 의식해서, 더 걸려들게 되는 것이다. 그렇다면 어떻게 대처해야 할까?

가능하다면 오히려 불 속으로 들어가는 것이 효과적이다. 분노 안으로, 감정 안으로 깊이 들어앉는다는 느낌으로 몸에서 생생하게 느낀다. 분석하고 추론하고 예측하지 말고, 뭔가를 보태거나 덜지도 않고, 과거의 일이나 미래의 일 가져오지 말고, 바로 지금의 감정을 몸에서 경험하고 관찰하는 것이다.

그 과정에서 머리가 시뻘겋게 타오르는 것처럼, 입술이 마르고 갈라지는 것처럼 몸이 힘들어질 수도 있다. 피하지 않고 있는 그대로 느끼면서 자신에게 따뜻하게 호기심을 갖고 물어본다.

"네가 고생이 많다. 그런데 이 공격성은 과연 무엇을 가리려는 거지? 이 밑에 무엇이 있기에 네가 이러는 걸까?"

감정적 반응 그 자체는 좋은 것도 나쁜 것도 아니다. 옳은 것도 틀린 것도 아니다. 다만 아직 정확히 그 기능이나 의미가 해독되지 않은 원시 자료라 할 수 있다. 전체를 보지 못하기 때문에, 알지 못하기 때문에 나오는 것이 공격성이다. 회피하지 않고, 밖으로 쏟아버리지 않고 내면에서 견디는 경험이 필요하다. 그러면 점차 시야가 확장되면서 이해가 넓어지고 깊어져 공격성은 힘을 잃게 된다. 평안을 향해 한 단계 올라서게 된다.

100
뿌 리

나뭇가지처럼 우리는 모두 다른 방향으로 자라지만
우리의 뿌리는 하나로 남아 있다.

— 수지 카셈 —

Like branches on a tree, we all grow in different directions, yet our roots remain as one.

— Suzy Kassem, Rise Up and Salute the Sun: The Writings of Suzy Kassem —

허공에 혈관처럼 뻗은 저 뿌리들을 좀 봐
위로 자라는 것들은
꼭 그만큼

밑으로
밑으로
밀고 내려가지

내린 만큼만 올라갈 수 있지

무엇이 오든,
그 '무엇'과 함께

나는 매일 아침 한 시간씩 명상을 하면서 주위에 틈틈이 소개를 해왔는데, 명상을 하면 일상에서 어떤 효과, 혹은 변화들이 나타나는지 물어보는 분들이 많다.

일상에서 느껴지는 변화는 이런 것이다. 우선 감정적으로 욱하거나 요동치거나 매우 고조되거나 바닥으로 내려가는 일이 서서히 사라지게 된다. 감정적 반응을 덜하게 되고, 어떤 상황에서든 전체를 보게 되어 합리적 대응을 할 수 있다. 그렇다고 해서 감정을 억압하거나 느끼지 않는 것이 아니다. 오히려 있는 그대로 생생히 느끼고 세세하게 알아차리게 되며, 내 안에서 감당할 수 있기 때문에 누군가에게, 혹은 무엇인가에 쏟아버리지 않게 된다.

어떤 사건이나 상황에 대해 한쪽으로 치우치지 않는다. 이쪽과 저쪽, 앞뒤 위아래를 헤아리는 여유가 생겨 판단력과 의사결정이 좋아진다. 쉽게 휩쓸리거나 동요하지 않게 된다. 자신을 더 신뢰할 수 있으니 생각하는 시간도 줄어든다. 자신에게 의심이 많고 잘 믿지 못하는 사람들이 생각을 지나치게 많이 하는 법이다. 불안이 줄어들고 생각도 적정 수준으로 하게 되어 중요한 일에 훨씬 전념할 수 있게 된다.

습관처럼 하던 행동들이 많이 떨어져 나간다. 적절한 말과 행동을 하게 된다. 습관처럼 자동적으로 반응하는 것이 아니라 지금 여기에 필요한 말이나 행동을 하게 되어서, 실수나 실패가 줄어든다. 과거에 집착하거나 후회하는 일이 줄어들게 되고, 미래에 대한 걱정이나 불안도 많이 줄어든다.

또한 뭔가 내가 잘못된 행동을 했을 때, 사과하고 바로잡는 시점이 빨라진다. 내가 어떤 실수를 했는지 일찍 알아차리게 된다. 때로는 주의가 좁아져 감정적으로 반응했다가도, 주의가 유연하게 확장되어 맥락이 눈에 들어오면서, 다시 적절한 응답을 하게 된다. 이런 변화들은 매우 직접적이고 현실적인 것이어서 명상의 제1효과라고도 말할 수 있다. 누구나 특히 예민한 부분이 건드려질 때 일시적으로 주의가 좁아질 수 있는데 그걸 알아차려 잘못을 인정하고 문제를 부풀리지 않는 것이 중요하다.

죽음을 두려워한다고 의식하는 사람이나, 죽음이 두렵지 않다고 말하는 사람이나 마찬가지로 온갖 종류의 불안, 공포, 두려움을 뿌리까지 파고들어 가다 보면 그 바닥에는 죽음에의 두려움이 있다. 우리가 경험하는 모든 감정이나 생각, 충동은 결국 죽음에 대한 두려움, 혹은 무의식적 생 본능에서 나온다. 없어져버리는 것에 대한 두려움, 예측할 수 없는 것에 대한 두려움, 통제 혹은 제어할 수 없는 것에 대한 두려움이며 내가 해체되는 것, 나의 기반이 사라지거나 존재 자체가 희미해지는 것에 대한 두려움이다.

불교에서는 무상성을 강조한다. 어떤 것도 고정불변하지 않으므로, 무언가에 매이지 말고 좋든 싫든 있는 그대로의 흐름, 변화를 받아들이라는 얘기다. 어려운 개념은 아닌데, 실제로 삶에 적용하기가 쉽지 않다. 특히 통제를 기반으로 건설된 지금의 문화에 익숙해진 사람들에게는 더더욱 쉽지 않다. 얼마나 정확히 예측하고 제대로 통제하고 효과적으로 배제하는가에 한 사회의 성공과 실패가 달려 있다 보니, 자연의 이치와 상충되는 삶을 살아가는 우리는 종종 불안하고 혼란스럽다.

혼란한 마음은 말과 생각만으로 다스릴 수 없다. 아주 멀리서부터 온 것이기 때문이기도 하고, 우리가 전체를 볼 수 없기 때문이기도 하다. 우리는 몸을 부여받았기에 몸으로 인해 대부분의 어려움을 겪지만 흥미롭게도, 아니 당연하게도 깨달음 역시 몸을 통해 구할 수 있다. 빛도 어둠도 몸에 있으며 마음과 몸은 둘이 아니다. 마음에 대한 모든 힌트들은 이미 우리 자신, 우리 몸 안에 있다. 혼란한 마음을 가라앉히고 싶다면 먼저 불안한 몸, 잠시도 가만있지 못하는 몸을 가라앉혀야 한다.

명상은 일종의 '죽음 체험'이 아닌가 하는 생각도 든다. 가만히 앉아 지구의 핵, 시커멓고 아무것도 없는 정중앙의 바닥으로 들어간다. 순간 나는 세상에 없는 사람이다. 그러니 해야 할 것도, 하고 싶은 것도 없다. 지금 이 순간은 오직 고요히 가만히 앉아, 있는 그대로 보고 듣고 느끼고 스쳐 지나가게 한다. 어떤 것도 붙들지 않고 피하지 않고 오가게 내버려둔다. 그게 죽음이지 따로 있겠는가. 無我. 허공에의 연결, 완전히 내맡김, 필터 없는 선명한 알아차림, 명명백백한 진실에 마음을 여는 것이다. 짧더라도 이런 경험을 매일 틈틈이 하다 보면 가치관이 바뀐다. 사람이 변한다. 인식이 확장되고 뇌가 변하고 경험이 바뀌고 세계가 달라진다.

혼란한 마음은 없애야 하는 것이 아니다. 잘 볼 수 있도록 가라앉히면 여유가 생겨난다. 그렇게 한 뼘씩 넓어지는 마음으로 하나하나 받아들여 전부 함께 나아간다. 어떤 것도 배제하지 않고 억압하지 않는다.

연습하면 가능해진다. 당신은 그럴 수 있다.

무엇이 오든, 그 '무엇'과 함께할 수 있다.